夫・火坂雅志との約束

いつか、
また逢う日のために

中川洋子
火坂雅志

青春出版社

私たちには秘密がある
火坂と私、そして空《くう》、
二人と一匹だけの誰にも話していない
小さな秘密が——

目次

第一部　愛と義のひと――追想　火坂雅志　中川洋子

第二部　人生の愉しみ――未収録作品集　火坂雅志

協力／新潟日報社
写真提供／中川洋子
編集協力／矢澤寛
本文デザイン／黒田志麻

第一部

愛と義のひと

追想 火坂雅志

中川洋子

恩返し　海は、故郷までつながっている

夫・火坂雅志が世を去ってから、早いもので10回目の春を迎えようとしている。亡き人が愛した庭の白梅は、昔と変わらず馥郁《ふくいく》と香りを漂わせ、生垣の椿の花をついばみにメジロの群れがやって来る。

火坂を思うとき、私の瞼《まぶた》の裏に鮮やかによみがえってくる情景がある。それは、火坂が亡くなる2カ月ほど前、入院していた病院内を車椅子でめぐっていたときだった。

2014年10月、急性膵《すい》炎で救急搬送された火坂は、直後、人事不省に陥り、数度の心肺停止を経て奇跡的に一命を取りとめていた。しばらくは集中治療室で寝たきりだったが、徐々に回復し、その年のクリスマスの頃にはリハビリを始めて、今後の講演の予定や中断している連載の話をはじめるまでになっていた。

病院内のクリスマスツリーの飾りつけを見て気晴らしをし、人気《ひとけ》のない談話室で

小休止した。神奈川県内陸部の高台にある病院からは、夕陽にきらめく相模湾をはるかに見下ろすことができた。その水平線は、自宅の庭から見える波おだやかな海ばかりでなく、遠く故郷の日本海にも、

（つながっている……）

そんな思いが、当時の火坂の闘病生活を支えていた。

海を眺めながら、過去に生み出してきた数々の作品について語り合った。あのときの締め切りは厳しかったとか、あの主人公はもう少し書き込みたかったねとか、作品は私たち夫婦にとって子供のようなものなので、いつまでも話は尽きない。

そのうち不意に彼が黙り込み、どこか遠い目をしていることに気がついた。どうしたのかと聞くと、

「僕は自分を育ててくれた故郷に、少しでも恩返しができたかな」

と、低い声でつぶやいた。

そのときすでに、新潟日報紙上で上杉謙信の物語を連載する予定が決まっていたので、

「何を言っているの。恩返しは謙信を書き上げることで、初めて果たされるんでし

ょう」

私は病人を叱りつけるように返答した。

火坂はそうだねと曖昧に笑ったが、それきり急速に暮れ落ち始めた海を見つめたまま、再び沈黙してしまった。

あのときの藍色とも漆黒ともつかない海の色を思い出すと、いまも胸にツンと痛みが走る。彼の言葉は何かを予感してのものだったのだろうか。年が明けて容態が急変し、火坂は帰らぬ人となった。

歴史を掘り起こすことで故郷に恩返しができたのかどうか、残された女房にはわからない。私のこれからの人生は、その答えを探す旅になるのだろう。

酒椿忌　村井弦斎との不思議な縁

2月26日は夫・火坂雅志の祥月命日で、故人をしのぶ酒椿忌《しゅちんき》が、墓所のある神奈川県平塚市の福聚山慈眼寺《じげんじ》で催されることになっている。しばらくは、コロナ禍の影響で開催断念を余儀なくされていたのだが、例年この日には、火坂と親交のあった地元の方々が集い、法要にご参加いただいて亡き人の思い出話に花を咲かせる。

酒椿忌の名は、生前の火坂が、

――酒椿斎

と号していたことに由来する。

越後人の火坂が、酒をこよなく愛していたことは言うまでもない。また、若いころから椿《つばき》の花が好きで、椿の魅力と題した一文のなかでも、

「冬から春にかけて、椿好きの私は、民家や寺の生垣、岬の原生林のなかなどに人知れずに咲く椿にしぜんと目がいってしまう」

と書いている。ことに越後の山野に多い雪椿については、

「雪に閉ざされた白一色の無彩色の世界で、そこだけたったひとつ、命のあかしのように咲く紅色の雪椿。厳しい冬に耐え、ひたすら春をのみ待つ暮らしのなかで、これほど力強く、心励まされるものはない」

としるしており、何より思い入れが深かった。その大好きな椿の咲く季節に火坂が旅立ったのは、不思議な因縁というしかない。

因縁といえば、火坂の墓所のすぐ近くには、明治時代のグルメ作家村井弦斎《げんさい》の墓がある。今では名を知っている方も少ないが、弦斎の著書『食道楽《しょくどうらく》』は当時としては異例の大ベストセラーとなり、その印税で購入した平塚駅南の広大な土地に、弦斎は西洋野菜の菜園や果樹園をもうけ、お抱えのコックを雇うなど、作品を地でゆく美食の殿堂を建てた。

この弦斎を主人公にして、火坂は『美食探偵』というライトなミステリー小説を著した。むろん歴史小説が本業で、この連作集はなかばみずからの娯《たの》しみのために形にしたようなものなのだが、私たち夫婦は奇《く》しき縁《えにし》で弦斎邸の跡地に建ったマンションに長らく住み、あちらの世界でもご近所付き合いをさせていただくこととな

った。

寺のまわりには、どこか蒲原平野を思わせる水田が広がっており、かなたに優美な裾を引く富士山、その手前に東海道新幹線が行き交っている。火坂と弦斎さんはあの新幹線に乗って、

（銀座の洋食屋にでも通っているのかな……）

ふと、そんな想像が頭をめぐってしまう。今年も、庭の椿の花を持って彼に会いに行こうと思っている。

お気に入りの椿

風を読まず

風はみずから巻き起こすもの

火坂雅志さんはどんな性格でしたか、と人に聞かれることがある。天衣無縫、自由闊達《かったつ》、大胆にして繊細、賑《にぎ》やかなことが好きだが一方で孤独を好む等々、いつも一人で雲の上を悠然と歩いているような存在であったかもしれない。

何よりも私が感じていたのは、火坂が場に流れる風にまったく忖度《そんたく》しない、いわば空気を読まない人間であったことだ。

仕事が終わって、さあ呑《の》みに行きましょうと誘われても、僕は古本屋に行きますからと、さっさと帰ってしまう。信念を曲げず、年功序列を無視して誰にでも遠慮なく自分の意見を言う。唯我独尊、わが道を行く気性なので組織では周囲と対立することが多く、会社員時代は相当に苦労したらしい。

それならばと、就職10年目にして働いていた出版社を飛び出し、作家の道を歩みはじめたわけだが、そんな火坂にも自分の行く道は本当に正しいのかと苦悩した時代があった。

それは、小説『天地人』の連載開始直前、バブル崩壊後の日本経済が混迷している頃のことだった。当時は人と人の心のつながりよりも利益優先、愛は金で買えると公言するような若手経営者が世間で持てはやされていた。

そうしたなかで火坂が描こうとしていたのが、利よりも義を大切にし、愛の一文字を兜《かぶと》の前立《まえだて》にかかげた武将の直江兼続であった。徳川政権という巨大な敵に敢然と立ち向かって筋を通した兼続の姿は美しい。だが、その美学、価値観は果たして世の中に受け入れられるのだろうか。

「もし、この本が売れなかったら筆を折ることになるかもしれない」

その悲壮な言葉を、私は取材におとずれた長野の駅前で聞いた。『天地人』の冒頭の場面は、川中島の古戦場と決めていた。

食堂で蕎麦《そば》を食べ、善光寺にお参りしてから現地へ向かった。永禄4（1561）年の第4次川中島合戦で上杉謙信が本陣を置いた妻女山からは、滔々《とうとう》と流れる千曲川を見下ろすことができる。生い茂る草を踏んで山を登り、その一筋の流れを目にした瞬間、なぜか二人とも迷いの霧が晴れたような気がした。

「すでに背水の陣は敷かれている。風は読むものではなく、みずから巻き起こすものなんだ」

肚《はら》がすわった火坂の顔は、すがすがしい闘気に満ちていた。

川中島取材にて、妻女山より西を望む（火坂雅志・撮影）

花見の宴

ルールは自慢の酒と肴の持参

一年のうちで、火坂がもっとも楽しみにしていた行事がある。それは、毎年桜の季節に開く花見の宴《うたげ》である。

我が家は神奈川県西端の真鶴半島にあるのだが、今から十数年前、某画伯のアトリエだった古家を買うとき、火坂は庭に枝を伸ばす3本ほどの桜の古木を気に入って即決した。気の合う酒好きの友人を集め、花見をするのが長年の夢だったからである。家をリフォームする際、大工さんに頼んで桜をライトアップする照明を設置してもらい、荒れ放題になっていた庭を何カ月もかけて手入れした。

海から吹きつける風が強いせいか、真鶴の桜は東京よりも開花が4、5日ほど遅い。3月も下旬になると、火坂は毎日のように、まだ冷たさを底にはらんだ春の空を見上げ、蕾《つぼみ》が膨らんでくる頃合いを見はからって担当の編集者さんたちに声をおかけした。

火坂家の花見にはルールがある。お招きした客人には、それぞれ自慢の酒と肴《さかな》を一品ずつ持参していただく。むろん火坂自身も、宴を開く何日も前から仕事を忘れて準備に精を出した。

駅前の野菜直売所でアシタバや金柑《きんかん》、運が良ければはしりの地物タケノコを手に入れる。さらに行きつけの魚屋に立ち寄って、尻高《しったか》やトコブシといった貝類、ナマコ、アオリイカなど、酒に合いそうな品を吟味した。

私は料理があまり得意ではないのだけれど、客人に持ち寄っていただいた肴を重箱に詰める作業は春の華やぎを感じて楽しかった。

宴会の口火を切るのは、たいてい文藝春秋の池田幹生氏がお持ちくださる1本の酒からだった。それは、桜色をした香りのよい濁り酒のこともあり、珍しい青ケ島の焼酎のこともあった。いざ仕事となると、作家と編集者のあいだには張りつめた緊張感が走るのだが、このときばかりは皆さん、陽気な酒徒と化し、酔いに身をゆだねてくださった。

入院中、花見のプランを考えていた火坂は、

「次回の締めは桜海老《えび》のちらしを作ってくれ」

と、私の目を見て言った。その遺命に従い、火坂亡きあとの花見には桜海老のちらし寿司《ずし》をお出しすることにしている。

歌人西行の詠んだ桜の和歌で、火坂が好きだった一首がある。

分きて見ん
老木は花もあはれなり
今幾たびか春に逢ふべき

火坂のよき呑《の》み仲間だった文春の池田氏も、病のため身まかられた。

私自身、あと何度、満開の桜にめぐり会うことができるのだろう。そう考えると、桜の花はいっそう愛《いと》おしい。

我が家の猛犬

哀しみを共有し支え合える存在として

我が家の愛犬空《くう》が家族の一員になったのは2008年、大河ドラマ『天地人』放映の1年前のことだった。

その子は、ある日突然やって来た。

「すぐに毛布と段ボールを用意しておいて」

と、外出していた火坂から電話がかかってきた。何のことかわからず待っていると、火坂が小脇に、両目に涙を溜《た》めてぶるぶる震えている小さなチワワを抱えて帰ってきた。

「この子がいれば頑張れると言っていただろう。今日から僕たちの子供だよ」

（え、そんなこと言いましたっけ……）

私はおおいに戸惑った。よくよく考えてみれば、2、3週間前、ホームセンターのペットコーナーで火坂が愛《いと》おしげに黒いチワワの仔犬《こいぬ》をのぞき込んでいた。まさか本気で飼うとは思わず、調子を合わせて適当なことを言ったかもしれない。

さりとて、ひとつの命を受け入れるのは重大な決断である。金魚くらいしか飼ったことのない私たちに責任が負えるのか、なぜ相談もなく決めたのかと喧嘩《けんか》になった。

だが、連れて来てしまったものをいまさら返すわけにもいかず、火坂の手から仔犬をそっと抱き上げた。小さな体は温かい。これまで私たちの知らないぬくもりだった。

こうして空は我が家の娘になったのだが、最初のいきさつを目撃したせいか、私にはあまり従わない。反対に、火坂には熱狂的とも言えるほどに懐《なつ》いた。

その頃から火坂は講演に招かれる機会が増え、不在の日が多くなっていった。出かけるときに必ず、

「ママをしっかり守るんだよ」

と、空に言い置いていく。

それでスイッチが入るのか、あるじの留守中、普段は臆病者の空が恐れを知らぬ猛犬に一変する。庭に野良猫が闖入《ちんにゅう》すればどこまでも追いかけて撃退し、自分の体の倍もあるカラスに果敢に立ち向かってゆく。怪我《けが》をするのではとハラハラしたが、

絶対に引き下がることはなかった。手柄を褒めてほしいのか、火坂が帰宅するとどうだと言わんばかりに胸を張った。

火坂が亡くなった直後、空は円形脱毛症になり、黒い毛並みが随分と白くなった。私も哀《かな》しかったが、空も同じ哀しみを共有した。以来、私たちは支え合うように生きている。

（この子がいれば頑張れる……）

年老いた今では猛犬の面影も薄らいだが、天上からの優しい愛の贈り物だと感謝している。

黒いトレンチコート　第一印象は「怖そう…」だった

私と火坂が出会ったのは、1977(昭和52)年4月のことだった。昭和から平成、令和と時代が移り、世の中もめまぐるしく変化しているが、その日の出会いを忘れることは一生ないだろう。

早稲田大学の新入生だった私は、「歴史文学ロマンの会」なるサークルの勧誘を受け、新撰組マニアの友人と一緒に、政経学部のラウンジへ説明を聞きに行った。

「難しく考えなくていいよ。歴史小説を読んで、龍馬や信長を楽しく語り合う会だから」

優しげな先輩に言われ、伝奇時代小説好きの私は友人と一緒に入会を決めた。そのとき、黒いトレンチコートに身をつつんだ長身の青年が、一陣の風のようにあらわれ、私たちの斜め前にさっと腰を下ろした。それが、当時サークルの幹事長をしていた2学年上の火坂だった。

先輩に紹介されても、彼はいっさい口をきかない。サークルの連絡ノートに目を落としたまま、憮然《ぶぜん》とした表情を崩さなかった。

（怖そうな人だな……）

というのが私の第一印象だった。

じつは火坂はこの頃から本格的に歴史小説家を志しており、歴史上の人物をアイドルのように騒ぐ娘たちを少し不快に思っていたらしい。この年の6月から8年にわたって、彼は詳細な日記をつけているのだが、そのなかで初対面の私のことを、

「洋ちゃん（私のこと）はヒネクレタ、メガネ少女でした」

と書きとめている。それからしばらく、サークルの読書会以外、私たちのあいだにたいした接点はなかった。

火坂としばしば会うようになったのは、いまは會津八一記念博物館になっている旧大学図書館での遭遇からだった。調べものをしに図書館に行くと、いつも必ず火坂がいる。学習室の机に借り出した本をうずたかく積み上げ、熱心に文献を読みふけっていた。そのうち時々、史料のコピーを手伝い、図書館帰りに歴史の話などをするようになっていった。

もともと作家を目指す以前の火坂は、トレンチコートを颯爽《さっそう》と着こなすような洒落者《しゃれ》だった。だが、新潟の親からの仕送りをほとんど本につぎ込んでしまうため、しだいに服装に無頓着になり、食事も1日1食ラーメンのみというありさまで、不健康きわまりない暮らしを送っていた。

さすがに見ていられず、手作りの弁当を初夏の薫風吹きわたるキャンパスのベンチで分け合って食べるようになったのが、38年にわたる火坂と私の運命共同体のはじまりだった。

地方の祈り 歴史小説家を目指して

火坂が歴史小説家を目指しはじめたのは、司馬遼太郎氏の『燃えよ剣』との出会いがきっかけだった。そのことは、火坂自身がエッセイに書いており、のちに招かれた司馬遼太郎記念館の講演でも熱く語っている。

「恥ずかしながら、それまで私は歴史小説のたぐいをあまり読んだことがなかった。いつものごとくマージャンで無為な時間を費やしたあと、4畳半一間の下宿にもどって、ベッドの上で本（『燃えよ剣』）をひらいた。たちまち夢中になった」

大学2年の終わり頃、一冊の本に感動した火坂は歴史小説家になることを決意し、はるかな道を模索しはじめた。とはいえ、司馬氏は偉大すぎる先人である。その高い峰に挑むにはどうすればいいのか、暗中模索の日々を送っていたという。私が図書館通いの火坂と遭遇したのは、ちょうどその時期のことである。

「司馬さんは面白い。だけど、同じことをやっていては猿まねにしかならない。自分だけの歴史観、テーマを見つけなければ」

悩み抜いた火坂が目を向けたのが、平安時代末期に勃興した坂東の武者たちだった。当時の京都を〝中央〟とすれば、坂東は、

——地方
である。新潟出身の自分と坂東の武者たちを重ね合わせることで、血の通った物語の世界を見つけようとしていたのだと思う。

私たちのデートは映画館やおしゃれなレストランではなく、武蔵七党の居館跡や坂東武者の墓をたずねることだった。埃《ほこり》っぽい炎天下の道を何時間も歩き、ようやく見つけた塚の前で武者たちの面影に思いを馳《は》せた。

火坂はこんなことも書いている。

「地方には祈りがある。歴史の舞台へ足を運ぶと、そこには営々と積み上げられてきた人々の喜び、夢、野望、挫折、さまざまな思いが埋もれている。有名も無名もなく、ヒリヒリするような時代を生きた人々の祈り——それらを一つ一つ、ていねいにすくい上げ、語るすべをもたなかった彼らに代わって、昇華させるのが歴史小説家の仕事ではないか」

学生時代の火坂は、源平の争乱期を舞台にした習作を数多く残している。そのうちの一編、石橋山合戦で敗れた源頼朝と土肥《どい》実平《さねひら》主従が真鶴のしとどの窟《いわや》で一夜を過ごす「夜明け」という小品が、小説誌の佳作に入選した。私たちは喜んだけれど、それで小説家への道がひらけるほど世の中は甘くはない。

まだまだ苦闘の時代はつづくのだが、火坂の作家人生をつらぬく背骨が、この頃つくり上げられたことだけは確かなように思う。

作家デビュー　夢叶えたきっかけは、異色の西行

「諦めずに努力をつづけていれば、夢は必ず叶《かな》う」

というのが、夫・火坂雅志の口癖だった。

火坂の作家デビューのきっかけとなったのは、講談社の小説現代新人賞に応募した原稿用紙50枚ほどの作品であった。内容は平安時代末期の歌人西行が、みちのくの歌枕にひそむ謎を訪ねて北へ旅する物語で、火坂は西行を明月五拳なる拳法の達人として描いている。

火坂によれば、西行の蹴鞠《けまり》の師である藤原成通は〝早業《はやわざ》〟の名手と言われていた。早業とは、敏捷《びんしょう》な身のこなしで敵に攻撃をしかける体術のことで、言葉を変えれば拳法と言っていい。師が拳法使いなら、弟子の西行が体術の達人であっても、

「何の不思議もないだろう」

火坂は自信ありげに笑った。

そもそも西行は、俗名を佐藤義清《のりきよ》という北面《ほくめん》の武士であり、23歳の若さで出家した経緯にも謎が多い。興味深い人物ではあるけれど、火坂の応募作はどう見ても大長編の冒頭部分でしかなく、話が完結していなかった。

これでいいのかと首をかしげると、形よりも心を大事にしたいと火坂は言った。物語の種明かしになってしまうかもしれないが、みちのくの歌枕には、大和朝廷によって滅ぼされた者たちの地霊を鎮める意味があり、西行の旅には歴史の闇のかなたに消えていった〝まつろわぬ民〟の魂のありかを辿《たど》るという裏の使命も隠されていた。まさしく、地方に埋もれた声なき声を掘り起こすという火坂の方向性に合致している。

結果的に、この作品は三次選考には残ったものの受賞を逃すことになった。ところが、その発表から二年ほどして、結婚生活をスタートさせていた私たちのアパートに講談社の編集者から電話がかかってきた。

「着想が面白いので、これを土台に長編小説を書いてみませんか」

電話を受けたのは、自宅にいた私だった。興奮しながら火坂の会社に電話して、一報を伝えたのを覚えている。

それから出版社勤務のかたわら、1年あまりにわたって、足柄峠、白河の関、安達ケ原、平泉と取材してまわり、書き上げたのがデビュー作の『花月秘拳行』だった。夢を叶える契機はどこに転がっているかわからない。しかし、火坂の言うとおり、本人が努力しなければチャンスは訪れなかっただろう。

「じつは、夢は叶えてからのほうが大切なんだ。僕はまだ出発点に立ったに過ぎない」

それが、火坂の新たな口癖になった。

酒の肴 季節感と地産地消のこだわり

私たち夫婦はどちらも酒呑《の》みで、よほど体調が悪くないかぎり晩酌を欠かしたことがなかった。酒も大事なのだが、火坂は酒肴《しゅこう》に自分なりのこだわりがあり、折に触れてさまざまな注文を口にした。

まずは、季節感を外してはならないこと。春ならば山菜やタケノコ、夏には新潟から取り寄せる枝豆、えごねり、秋は菊のおひたし、きのこ汁、冬は白子のみぞれ鍋などの温かい料理が食膳の主役になった。ことに春の山菜は大好物で、裏庭にウコギやウルイ、野ブキなどを植え、ほろ苦い味わいと野趣のある香りを堪能した。

もうひとつは、地産地消であること。漁港のある真鶴に引っ越してからだが、昼少し前になると魚屋に出かけてゆく。店先には今朝がたまで目の前の相模湾で泳いでいた魚が並んでおり、顔見知りの店主が、

「今日はいいカワハギが入ってるよ」

などと声をかけてくる。その場でさばいてもらって、炊きたての御飯で昼食にするのが火坂の日々の楽しみになっていた。

とりわけ好きだったのが、春のおわりから初夏に出まわる小アジの南蛮漬けだった。他所《よそ》の土地ではどうかわからないが、相模湾一帯では小指ほどのアジの稚魚のことをジンタと呼んでいて、これを見かけると、火坂は何をおいても買い求めずにいられない。唐辛子を入れた南蛮酢に漬ける間ももどかしく、揚げたてのジンタを肴《さかな》に冷たいビールのグラスを傾ける。時には、店主がジンタを手間のかかる刺し身にしてくれることもあって、そんな日はもう仕事などどうでもよくなってしまい、昼間から日本酒へと進んでしまう。火坂の原稿を、一日千秋の思いで待ってくれていた編集者さんには聞かせられない話だった。

たまに私が魚屋に立ち寄ると、

「お宅のご主人、ほんとうに魚が好きねえ」

と、おかみさんに感心された。店主ご夫婦とも火坂が小説家であることを知らなかったようで、仕事もせず昼間からふらふらと出歩いている変わった人だと思われていたらしい。

相模湾西部から伊豆半島にかけては、イルカを食べる食文化があるのだが、好奇心旺盛な火坂が見かけて興味をしめしたとき、

「子供の頃から食べ慣れてないなら、やめときなさい」

店主にやんわりと諭されて断念したことがあった。

いまでも地元のスーパーでイルカを見かけると、あのときの火坂の残念そうな顔を思い出してしまう。とはいえ、代わりに挑戦するほどの勇気は私にはないのだが。

永井路子さんからの手紙　教えてくれたのは〝思想〟

大学生の頃、火坂と私が歴史文学ロマンの会というサークルにいたことは以前にもお話しした。その会の活動の一環で、

「本物の歴史小説家に会いに行こう」

と、火坂が言いだした。ちょうど永井路子さんの名作『北条政子』を読書会で取り上げていたときで、お会いするならこの方しかいないという話になった。

手紙と電話で約束を取りつけ、当時、鎌倉にお住まいだった永井さんを5人ほどの仲間と訪問させていただいた。見ず知らずの学生に大事な時間を割いてくださった永井さんの懐の深さには、感謝とともに今でも頭が下がる思いがする。

その日は緊張しながら、貴重な話をうかがった。帰りぎわ、作家志望の火坂に、

「史料をたくさん読むのもいいけれど、単なる知識になっちゃ駄目よ。思想を持たなきゃ」

と、永井さんがアドバイスしてくださった。

「そうなんです。歴史小説の価値を決めるのは、作者の思想だと思っているんですが、僕が書くものは駄目で」

「そういう気持ちを忘れないことが大切よ」

そんな会話が火坂と永井さんのあいだに交わされた。それから、サークルの同人誌を送るようになり、その都度、永井さんは火坂が書いた習作への感想を述べた丁寧なお手紙を下さるようになった。

再び永井さん宅をお訪ねしたのは、火坂が大学を卒業する直前、歴史雑誌の出版社に就職が決まってからだった。今度は私と2人で、永井さんもご主人で歴史学者の黒板伸夫先生とご一緒だった。火坂は自分の求める歴史小説の話を余すところなく語り、永井さんは若者の投げたボールを面白そうに受け止めてくださった。お寿《す》司《し》とワインを御馳走《ごちそう》になって、都合、5時間以上もお邪魔してしまった。

その後、歳月が流れて火坂も念願の作家になり、いつしか交流も途絶えてしまったのだが、これには後日譚《たん》がある。

火坂が病に倒れる2、3年前だったか、永井さんの出身地である茨城県古河市に講演で招かれたことがあった。イベント後、役所の方が現在は古河文学館の別館になっている永井さんの旧宅に案内してくれた。

「ぜひとも火坂さんに見せてほしいと、永井先生から言付かりまして」

職員の言葉に、かつての夢を抱いた若者を記憶に留めていてくれたのだと、火坂は大感激した。いつか自分も、志を持つ後進に道をしめす人間になれたらと話していたが、思いを形にする時間がなかったのが心残りでならない。

永井路子さんから頂いた手紙の数々

水の記憶

海は再生する力をくれる

火坂が生まれた新潟市の実家近くには、阿賀野川が流れている。川べりの土手に立つと、目の前に白新線の鉄橋をのぞむことができ、この橋を行きかう列車の音を子守唄のようにして育ったという。

貨物列車の音が
しだいに高まる
記憶という記憶が
ななめにこぼれだした
〈すみません。かあさん。〉
なぜかそんな言葉が
くちびるをふるわせた

10代のころ火坂が書いて、新潟日報の読者文芸に入選した「鉄橋」という詩の一部を紹介してみた。

「子供のとき、父親と一緒に川で釣りをした。飯粒を釣り針につけて、こんな大きな魚が釣れたよ」

自慢げに両手を広げてみせたけれど、話がどこまで本当かはわからない。確かなのは、火坂が川と言わず、海と言わず、水のある風景が好きだったということだ。

作家デビューしてから、火坂には売れない時代がつづいた。本を出しても人から評価されることはなく、現実に書いているものと自分が目指す理想との落差に苦しみもがいていた。弱みをみせるのが嫌いで悩みを一人で抱え込むタイプだったので、私にも愚痴をこぼすことはなかった。そんなとき、火坂はよく海へ行った。

「打ち寄せる波を眺めていると、肩の力が抜けていくような気がする」

海を見ることで精神の再生をはかり、闘う気力をよみがえらせていたのだろう。最初は海辺に通うだけで満足していたが、そのうち暇つぶしに砂浜に落ちている海藻や形のいい石ころを拾うようになり、やがて幼少時の記憶がよみがえったのか釣りをするようになった。

おそらく、魚が釣れるか釣れないかは二の次だったように思う。思い切り竿《さお》を振り、水面《みなも》に向かって投げる。それだけで、鬱々《うつうつ》としていた心が晴れるようだった。以来、どこへ旅するにも振り出しの釣り竿を持っていくようになり、北海道の湖では婚姻色の美しいヒメマスを、飛騨高山の渓流ではヤマメを釣った。

スペインのカディスの海岸でも、地元の太公望に交じって竿を振ったことがある。そのときは、うっかり堤防の先にある軍事施設に近づいてしまい、見張りの兵士に銃口を向けられそうになった。２人で一目散に逃げだしたのが、いまとなっては懐かしい思い出である。

天地人花火

忘れられない長岡の花火大会

火坂は新潟市で生まれたが、銀行員だった父親の転勤に伴い、子供時代は各地を転々としていた。小学校6年間は北海道の札幌市で過ごし、中学2年までは長岡市の南中学校、3年になって新潟市の関屋中学校、その後、県立新潟高校に進学した。長岡市で暮らしたのはたった2年間のはずなのだが、多感な時期だけに印象的な思い出が多かったらしい。

中学の野球部に所属していた火坂が、帽子のつばの裏側に〝愛〟の一文字を書き、監督に軟弱なやつだと叱られたという話は、本人が講演会などで何度も語っている。一球入魂とか必勝とか書くべき場所に、なぜ愛としるしたのか、自身もよく覚えていないと言っていた。

「誰かに恋をしていたのか、さもなければ、そのころは当たり前だった体育会系の精神論への反発だったのかもしれない」

のちに、兜《かぶと》の前立に愛を掲げた武将が越後国に実在したと知って、それが直江兼続の物語を書くきっかけになったという。裏を返せば、長岡での不思議な縁がなければ、小説『天地人』は誕生しなかったとも言える。

もうひとつ彼の脳裏に刻まれた強烈な思い出として、長岡の大花火大会があった。

「長岡の正三尺玉は、ほかの花火とは別格だ。死ぬまでに一度は見ておいたほうがいい」

と、火坂はよく口にしていた。銀行の社宅が信濃川からほど遠からぬ場所にあったというから、家族か友達と花火を見に行ったにちがいない。

幸いにして、私は火坂のお相伴で一度ならず二度までも、名高い花火を観覧する機会にめぐまれた。以前、火坂がどこからかDVDを入手して見せてくれたことがあったが、その迫力は映像ではとても伝わるものではない。腹の底にずしんと響く打ち上げの音、空いっぱいに広がって降りそそぐ無数の火の粉、湿った夜気のなかに花ひらいては消える儚《はかな》い夢のような美しさは、胸に沁《し》み込んで忘れることができない。

息つく暇もなく打ち上げられるスターマイン、災害からの復興を祈願するフェニックス、そして大河ドラマ放映を記念してはじまったという天地人花火。ドラマのテーマ曲に合わせて夜空を彩る花火を、火坂はどんな思いで見上げていたのだろうか。ふと横顔を見ると、明滅する光のなかで一筋の涙が頬を伝い落ちていたのを覚えている。

人々の祈りを込めた花火が時代をこえて受け継がれゆくことを、亡き人も空の上から願っていることだろう。

書斎は新幹線

師匠から学んだ「どこでも原稿を書く」技

編集者時代、火坂は伝奇バイオレンス小説の第一人者菊地秀行氏の担当として、日本全国の古武道をめぐる旅に同行していた。菊地氏を火坂は敬愛しており、生涯ただ一人の師匠と勝手に呼ばせてもらっていた。毎月の取材をそれは楽しみにしていて、いそいそとプランの組み立てに励む姿には、女房との旅よりも熱心なのではないかと妙な嫉妬さえ覚えてしまったほどだ。

「あの人は本物の天才だ。どこからあんなイマジネーション・パワーが湧いて来るんだ」

毎回、菊地氏の原稿を受け取ると、火坂は小鼻を膨らませながらうなった。

その頃すでに火坂は売れないながらも作家と編集者の二足のわらじを履いており、大流行作家の創作の秘密に興味津々だった。技を盗むというわけではなかろうが、同じものを見て天才がそれをどう表現するのか、まさに生きた修業だったにちがいない。

しかし、凡人が天才におよぶはずもなく、僕は別の道から山を登るしかないなと、師匠の孤高の背中を羨望《せんぼう》とともに仰ぎ見ていた。

そんななか、火坂がひとつだけ菊地氏から学んで実践していたことがある。それは、どこでも原稿を書くという荒技である。

火坂の記憶によれば、菊地氏はいついかなる場合も原稿を書いていた。列車のなかで鼻歌をうたいながら、駄菓子屋の前のベンチでアイスキャンデーをかじる子供たちに囲まれて執筆する姿も目撃していたらしい。満員電車で通勤客にもまれて立ったまま書いたこともあったというし、宿泊先のホテルや旅館で朝まで寝ずに書くのは毎度のことだったそうである。

さすがに同じことはできないので、講演や取材に向かう新幹線の車内で執筆するようになった。むろん、自宅の書斎で史料を調べながら書くのが理想だが、締め切りに追われている身ではやむを得ない。車内で手書きした原稿を出先からファックスで家に送り、それを私がパソコンに入力して間に合わせるということがしばしばあった。もっとも、それはそれで仕事に集中できたようである。

「物語にのめり込んで、はっと我に返ると白雪を頂いた山並みや、稲穂が風に揺れる田圃《たんぼ》が目に飛び込んでくる。こんな贅沢《ぜいたく》な眺めの書斎がこの世にあるだろうか」

ちなみに自宅の書斎は書籍を傷めないように、家じゅうでもっとも陽当《ひ》たりが悪く、暗くて寒い場所にあった。火坂にとっては新幹線の書斎こそが、創造の翼を自由に広げる最高の空間だったのだろう。

新潟樽きぬた

「やりたい仕事」と「やらなければならない仕事」

明和5(1768)年に新潟湊《みなと》で起きた、いわゆる、

——新潟明和騒動

について火坂が深く知るようになったのは、前新潟市長の篠田昭氏にお会いしたときだったと思う。

江戸時代の明和年間、長岡藩の圧政に苦しむ新潟の町民が一揆を起こし、2カ月のあいだ藩の支配を完全に排除して自治を行ったという日本史上まれに見る事件である。しかもこれが、パリ・コミューンの100年も前だったというから驚嘆に値する。

この事件を題材に、市民ミュージカルの原作を書いてみませんかというのが篠田氏のご提案だった。

火坂にとって篠田氏は政治家というより、氏の新聞社勤務時代、初めての地方紙

連載小説を後押ししていただいた恩人というほうが正しい。そんな関係はさておき、火坂は故郷で起きた歴史的事件について、ほとんど無知だったことを恥じると同時に、おおいに関心をかき立てられた。

「小説家には自分がやりたい仕事と、万難を排してもやらなければならない仕事がある。これは間違いなく後者だろう」

連載を数本かかえて多忙なさなか、物語を書き下ろすことを決断した。もともと火坂は、日本海側の北前船の寄港地を訪ね歩き、各地に埋もれている哀《かな》しく美しい話を拾い集めて小説にしたいという思いを持っていた。

生まれ故郷の新潟も、日本海海運の重要な拠点のひとつなのだが、あまりに身近すぎたためか、創作の舞台としての視点でとらえたことがなかった。

取材にあたって、まっさらな気持ちで新潟湊に触れるため、あえて市内の実家には立ち寄らず、ホテルに宿泊してみずからの足で歩きまわることにした。

新潟市歴史博物館にはじまり、湊稲荷神社、日本海を見下ろす日和山、花街のおもかげを残す古町界隈《かいわい》、明和事件の指導者として新潟を救った涌井藤四郎を境内に祀《まつ》る愛宕神社、白山公園内の明和義人顕彰之碑と、事件の痕跡をたどった。

他県出身の私は知らなかったが、かつて新潟は縦横に堀がめぐらされ、柳が風にそよぐ〝柳都〟と称されていたそうである。その在りし日の情景を頭に思い描き、火坂は『新潟樽《たる》きぬた　明和義人口伝』を書き上げた。ミュージカルは素晴らしい出来で、それは原作というより、湊町の自由の気風と活力を受け継ぐ市民の手で完成したものだった。

8月25日は明和義人、涌井藤四郎の命日である。命をかけて世の不条理に挑戦した先人がいたことは、新潟の町にとって語り伝えるべき素敵《すてき》な宝物だと思う。

安吾の色紙

青春時代に傾倒していた安吾の書、その真贋は…

私の手元に一枚の色紙がある。いや、正確には色紙ではなく、端の破れた薄い紙に、

「飄然去来《ひょうぜんきょらい》　坂口安吾」

と墨書されている。

この坂口安吾の書とおぼしきものを、火坂は大阪の古書店の目録で見つけた。額装されてはいるが、紙はかなり陽《ひ》に焼けており、目録で見たかぎりでは本物かどうかおおいに疑わしかった。しかも安吾にしては破格の安値である。

「安いのは、出どころが安吾とさほど縁のない大阪だからではないか。それよりも、この文字の品格と味のある言葉、絶対にニセモノではない」

火坂は興奮気味に言い放ち、購入に至った。

青春時代、彼は安吾に傾倒していた。20代なかば頃の読書メモには、次のように書かれている。

——通勤電車のなかで、坂口安吾のエッセイをいくつかまとめて読んだ。大学に入ったばかりの時『堕落論』にショックを受けてから5年、再び安吾を読んでみたが、その「魂」「精神」の強烈さに感動する。彼には悩める魂と、それゆえにだまされない冷静な眼《め》があるのだ。

そういえば、私が火坂から貰《もら》ったはじめての贈り物は、安吾の『堕落論』だった。何か機関銃のように語っていたが、内容については忘れてしまい、

「これを読みなさい」

と、本を差し出したときの真剣なまなざしだけ覚えている。

それはともかく、書の真贋《しんがん》である。たしかに筆遣いは資料で見る安吾そのものであるが、本人も本物だという確信が持てなかったらしく、のちに坂口安吾に詳しい文芸評論家の七北数人氏に現物をご覧いただいた。贋作も多く出回っているようで、七北氏も半信半疑だったようだ。

しかし、じっさいにお目にかけると、

「文言も筆遣いも実に見事なもので感激しました」

とのお手紙を頂戴した。

七北氏によれば、安吾が大阪へ行ったのはおそらく生涯で一度きり、1951年2月『安吾の新日本地理』の取材の際だという。そのとき、どこかの文壇酒場で書を頼まれて、ありあわせの紙にしたためたのではと推測されていた。

酷暑がつづいた今年の夏、ふと思い立って私も数十年ぶりに安吾を手に取ってみた。不思議なことに、かつては理解できなかった火坂の言葉が、何となく腹に落ちてきた。秋の夜長には、安吾の歴史物を開いてみよう。

峠越え

自転車の旅がくれた感動

若い頃、火坂は自転車に乗って各地をめぐる旅をしていた。サイクリング車を分解して専用のバッグに詰め、ざっくりとした計画だけ告げて独りで家を出てゆく。行き先は東北の温泉のこともあったし、紀州の熊野古道をめざすこともあった。出発地の駅に着くと自転車を組み立てて、一枚の地図を頼りに走り出した。

まだスマホもナビもない時代である。待つ身の女房としては、無事でいるのか、どこかで遭難してやしないかと気が気ではない。南アルプスのふもとにある遠山郷に、一揆で滅ぼされた遠山一族の霊を鎮める〝霜月祭り〟なる奇祭を取材に出かけたとき、その不安は現実のものとなった。

あとになって聞いた話だが、標高千メートルを越える険しい道の途中から雪がちらつき出し、あたりは夕闇が立ち込めて、寒さと疲労で意識が朦朧《もうろう》としはじめたという。目の前は切り立った千仞《せんじん》の谷で、一歩踏み外せば、

「自転車もろとも命はなかったな」

体力には自信があった火坂も死を覚悟したらしい。嘘《うそ》かまことか、そのとき火坂を救ったのは、幻のごとく行く手にあらわれて道案内をしてくれた２匹の狐《きつね》だったという。

さすがに、もう危険な旅はやめてほしいと懇願して、それからは２度に１度は私も自転車旅に付き合うようになった。単独行では山道を１日１００キロ走っていたそうだが、足手まといのサイクリング初心者が一緒ではそうもいかない。しぜんとコースは、高山植物や紅葉を楽しむ軟弱なものになっていった。それでも山を走っている以上、時には険阻な峠道を越えなければならないことがある。

「峠には人生がある」

と教えてくれたのは、ほかならぬ火坂だった。いったん走り出してしまっ

た以上、どんなに苦しく辛《つら》い道でも自分の足でペダルを漕《こ》いでいくしかない。風が吹いても雨が降っても誰も助けてくれず、先に何が待っているのか峠道をのぼり切ってみるまでわからない。

いつだったか、信州のしらびそ峠に連れて行ってくれたことがある。爪先上りの坂を息も絶え絶えに自転車を押していくと、道の向こうで火坂が早く、早くと手招きをしていた。必死に坂をのぼり詰めた瞬間、カラマツの木立の向こうに、いましも沈んでゆく黄金色の夕陽《ゆうひ》が見えた。

「この景色を君に見せたかった」

あのときの感動が胸に刻まれているからこそ、火坂の背中を追って走りつづけたことに悔いはないのだと思う。

最後の晩餐《ばんさん》 あなたは何を食べますか？

人生の最後に何を食べたいか、火坂と2人で話をしたことがある。銀座の寿司、京都の名店の懐石料理、行きつけの焼き鳥屋のつくね、いやいや味噌《みそ》がたっぷり詰まったズワイガニがいい、近所のイタリアンのボンゴレも捨て難い、などと熱論を交わしたが、

「僕は日本酒があればそれで満足だ」

「私は好きな人と一緒なら何でも」

と、結論にもならない結論になった。

のちに、そんな考えを少しばかり修正する出来事があった。某雑誌の取材で新潟県を訪れたときのことである。

直江兼続ゆかりの長岡市与板の与板城遺構、南魚沼市にある雲洞庵などをめぐって写真撮影をしたあと、さて昼食をということとなり、車を運転する編集部の方が、

雲洞庵近くの食事処《どころ》へ連れて行ってくれた。そこで食べたコシヒカリの御飯を火坂はいたく気に入った。

「日本人はやはりコメだね」

聞けば、店ではもみがらを燃料にする地元伝来の〝ぬか釜炊き〟で一気に米を炊き上げているという。ぜんまいと麩《ふ》の煮物を副菜に魚沼産コシヒカリを堪能し、夫婦ともども上杉軍の力のみなもとを再認識した。

米派かパン派かと聞かれれば、火坂は間違いなく米派だった。朝食を雑炊か粥《かゆ》にすることがあっても、パンを食べることは滅多《めった》になかった。

常連だったスイス料理店のランチでは、セットのパンではなく、店主に無理を言ってまかない用の御飯を出してもらっていた。周囲の客がチーズフォンデュでワインを楽しむなか、我々だけがシャレー風仔牛《こうし》煮込みでライス、それに日本酒を飲んでいたのである。スイス料理に日本酒とは不似合いなようだが、店主は新潟の出身で自分の好きな酒をメニューに載せていたらしい。

米好きではあったが、ある時期から火坂は御飯をほとんど口にしなくなった。食べると眠くなって、仕事にならないというのがその理由だった。また、お腹《なか》いっぱ

い御飯を食べると、

「幸せ過ぎて小説が書けなくなる」

とも言っていた。火坂によれば、作家は心にどこか欠けた部分がなくてはならない。ひりひりとした渇望感こそが、物語を生みだす力になるというのだ。

火坂亡きあと、病院で使っていたタブレットを片づけていて私は胸が詰まった。そこには、松茸《まつたけ》御飯や鯛《たい》茶漬け、深川飯など、米料理ばかりを検索した履歴が残されていた。

（もう痩せ我慢しなくていいから……）

新米の季節がめぐってくると、新潟の稔《みの》り豊かな田圃《たんぼ》を嬉《うれ》しそうに眺めている火坂の顔をどうしても思い浮かべてしまう。

鎮魂の旅

声なき声を掘り起こすための現地主義

歴史小説を書くうえで、火坂が大事にしていたのが現地主義だった。どんな作品であっても、物語の舞台となる現地へ一度は足を運んだ。その姿勢は原稿用紙1000枚を超える長編であろうが、20、30枚の短編であろうが変わることはなかった。いや、むしろ短い枚数に人間の心情や情景を表現しなければならない短編のほうが、取材は必要不可欠だった。

鹿児島県阿久根市の集落に、倭寇《わこう》に襲われて非業の死を遂げたポルトガル人船長の墓が残っているという話を伝え聞き、取材におとずれたことがある。鹿児島空港まで飛行機で直行するつもりが、悪天候のために福岡で降ろされ、博多から特急に乗って現地に着いた。

土地の人たちは、このポルトガル人の墓を「とっぽどんの墓」と呼んでいた。とっぽとは、奇抜とか、変わり者という意味で、墓を建てたのは、彼を愛した村の女だったという言い伝えが残っていた。それをもとにして書いたのが、『とっぽどん』という短編だった。費用対効果からいえば、この小さな物語を書くために費やした労力は見合わないものだったかもしれない。しかし、あとになって、

「あの南国の花々が咲き乱れる丘にのぼって、かなたの蒼《あお》い海を見たからこそ、異国の地に骨をうずめた船長の心が見えてきた」

と、火坂は満足げに語っていた。

火坂は歴史小説を、時の流れに埋もれていった人々の声なき声を掘り起こす作業と捉えていた。その叫びを捜して拾い集める作業は、死者の魂をしずめる鎮魂の旅でもあった。

一編の小説を書き終えると、火坂は感謝を込めて作中人物の墓参りをすることをみずからに課していた。むろん、『天地人』の主人公直江兼続夫妻にお礼を言うために、山形県米沢市の林泉寺へも数年後に再訪している。

いつもの着物姿でなかったせいか、駅から乗ったタクシーの運転手さんにはただの歴史好きの観光客と見られたようで、

「あんた兼続公の墓参りかね。あの方はたいした人物だよ。『天地人』を読んでみ

なさい」

と、自分の著書をすすめられた。私は笑いを噛《か》み殺したが、火坂は神妙な顔つきで黙っていた。

ドラマ放映が終わったあとの境内はひっそりと静まり返っており、おとずれる人もまばらだった。墓の前で、無事に書かせていただいて有難《ありがと》うございますと両手を合わせ、深く頭を下げた。

兼続が、小説に描かれたおのが姿に満足したかどうかはわからない。ただ、土地の人の心に、兼続への尊崇の念がしっかり根付いていたことが、私たちにはとても嬉《うれ》しかった。

酒は呑めるうちに タイミングは難しい

――酒は呑《の》めるうちに呑んでおけ

というのが火坂の口癖だった。

もとになっているのは、作家開高健氏の著書で目にした「釣りは釣れるうちに釣っておけ」の言葉だったと思う。

経験者ならご存じだろうが、魚というのは釣れるときには面白いようによく釣れる。それがひとたびタイミングを逃してしまうと、待てど暮らせど、さっぱりアタリが来なくなってしまう。

近くの漁港の堤防で釣りをしていたとき、火坂もそれを実感した。台風のあとだったか、港内にイワシの群れが入り込んできていた。竿《さお》を振るたび磁石に吸いつくように青光りするイワシが釣れ、夕飯のおかずができたと大喜びした。ところが火坂は、イワシがいるならそれを追って、もっと大物がひそんでいるだろうと仕掛けを変えはじめた。もたもたしているうちに群れは去ってしまい、魚はまったく釣れなくなってしまった。

酒も同じで、

「呑めるうちに呑んでおかないと、後悔することになる」

火坂はしみじみと言っていた。

地方の講演会に呼ばれると、たいていは講演のあとにサイン会、そのあと立食パーティーや酒席になることが多かった。土地の方とお会いして話を聞ける貴重な機会なので、本人はついつい夢中になって飲食を忘れてしまう。さて帰りの電車でビールを買って一息つこうと思っても、すでに売店は閉じていて、車内販売も終了していることが多々あった。

真夜中に帰宅すると、

「すきっ腹をかかえて、真っ暗な車窓を眺める気持ちがわかるかい」

愛犬と一緒に留守番をしていた女房に、火坂は切なげにつぶやいた。話をしながら腹を満たせばいいのにと言っても、そんなところは不器用で根がまじめだったため、なかなか思うにまかせなかったようである。

外に出ると存分に呑めないぶん、家にいるときは心から酒を楽しんでいた。つねづね愛用していた酒器は、上越市高田の陶芸家の二代陶齋、齋藤尚明さん作の徳利《とっくり》、工房で天地人の文字を絵付けさせていただいた酒杯だった。これは今でも我が家の家宝になっていて、正月にだけ使うことにしている。

博識で気さくなお人柄の齋藤さんは、火坂が五十を過ぎて出会った兄のような知己だった。天地人の酒杯を傾けるとき、なみなみとそそがれた酒の向こうに、高田の雁木《がんぎ》の町並みや直江津の海、春日山城址《じょうし》など、懐かしい上越の風景が見えていたのではあるまいか。

夏ミカンの木

「庭を柑橘の果樹園にしよう」

庭に椿の初花が咲いた。淡桃色でぽってりとした姿が可愛《かわい》らしい、早咲きの西王《せいおう》母《ぼ》である。椿好きの火坂は季節に先駆けて咲くこの花を珍重していて、門をくぐってすぐの目立つ場所に植えていた。今年は夏の猛暑のせいか庭木が猛々《たけだけ》しく茂りすぎて、手入れするまで花が咲いていることに気づかなかった。

いま庭にある木々は、ほとんど火坂が手植えしたか、品種をえらんで庭師さんに植えてもらったものである。

そんななか、家の裏手にある夏ミカンの古木は、私たちが引っ越す以前からたわわに実をならせていた。いつからそこにあったのか、ご近所の方に聞いても判然としない。あたり一帯では昔からミカン栽培がさかんで、道を少し歩けば柑橘《かんきつ》類を庭に植えているお宅が多い。神奈川生まれの私には見慣れた風景だったが、雪国育ちの火坂は物めずらしかったらしい。

「庭を柑橘の果樹園にしよう」

と言いだした。

思い立つと火坂は行動が早い。もともとあった夏ミカンの木を中心に、柚子《ゆず》、レモン、金柑《きんかん》、シークワーサー、カボス、スダチ、橙《だいだい》、ライムなど、さまざまな苗木を取り寄せて植えていった。南向き斜面の土地と相性がいいのか、どれもしっかりと根付き、数年後には実をつけるようになった。

それにしても、植物の生命力はすさまじい。植えたときには腰ほどの高さだった苗木が、十数年たって立派な樹木に成長している。今年はざっと数えたところ、夏ミカンが２００個近く、レモンも１００個以上なっている。

「先生にお見せしたいものですね」

台風や大雨でやられそうになるたびに助けてくれた庭師さんが、木々を見上げて言った。

晩秋には、夏ミカンは黄色く色づきはじめるが、まだまだ酸っぱく、食べられるのは年を越した4月なかば頃になる。火坂は仕事の合間にもぎとって、さわやかな香りを楽しんでいた。

柑橘好きが高じるあまり、温州ミカンのルーツをもとめて中国浙江省の温州市をたずねたこともある。しかし、町のどこを探しても、日本で見かける温州ミカンは栽培されていなかった。帰国後に調べたところ、温州ミカンは江戸時代に薩摩の長島で誕生したものとわかった。当時、長崎へ渡来した温州の貿易船がもたらした交易品に交じって、江戸、大坂へ運ばれたのが、いつしか温州ミカンと呼ばれるようになったのではないかと火坂は考察していた。

佐渡では、日本最北限で温州ミカンが栽培されているという話を最近になって知った。火坂がいたら興味を持って、すぐに現地へ駆けつけていたことだろう。

夏ミカンのゼリー

年末年始 毎年のように繰り返していたこと

故人との思い出をあれこれとたぐり寄せているうちに、一年が夢のように過ぎ去ってしまった。女房がおもてに出るのをあまり好まなかったから、私がこんな文章を書きつづけていることを泉下でどのように眺めているのだろう。おそらく、

（仕様がないなあ……）

と、あきれているのではないだろうか。

年末といえば、締め切りに追われて四苦八苦していた記憶しかない。月刊誌の原稿を月の前半に仕上げたあと、年明けに刊行される書き下ろしの執筆などで休む暇もなかった。

パソコンがさほど普及していなかった時代、編集者さんはホテルなどに泊まり込みで原稿を取りに来ていた。火坂自身も編集者時代、菊地秀行さん宅へ毎月のようにお邪魔して、朝御飯のお茶漬けを御馳走《ごちそう》になったと言っていた。メールでのやり

とりが当たり前になったいまでは、そんな人間的なつながりも遠い過去のものになってしまったのだろう。

仕事熱心な編集者さんといえども会社員なので、年末年始には、

「火坂さん、ちゃんと仕事してくださいよ」

と釘《くぎ》を刺して休暇に入る。そこで言われたとおり仕事をしないのが、今日できる原稿は明日書こうをモットーにしていた火坂である。

年末には京都へ行って、東寺でおこなわれる終《しま》い弘法の市をのぞくのが毎年の恒例になっていた。骨董《こっとう》の店で梅の実を入れる竹籠などを買い、正月用のすぐき漬けを選んでから、祇園花見小路の釜めしの店に足をのばした。かつてはそのまま、越前の三国まで蟹《かに》を食べに向かったのだが、愛犬の空《くう》を家族に迎えてからは、家で待っているわが子のために日帰りするようになった。

その後は掃除をしながら原稿を片づけ、大晦日《みそか》になってようやく年賀状作りに着手する。

若くて時間が無限にあったときには、彫刻刀で版画を刻んで賀状を刷っていた。

私は見よう見まねで新潟料理ののっぺを作るのだが、一度も火坂に褒められたこと

がない。やはり、母の味が一番だったようだ。

元日はなますとキンピラ、鮭《さけ》の焼き漬け、関東風のすまし仕立てのシンプルな雑煮で新春を祝い、2日は銀座の百貨店の古書市に出かけて、ようやく3日から執筆を再開する。

毎年のように繰り返された当たり前の日常が、何より得難いものだったことを、独りになってはじめて思い知らされた。と同時に、そんな当たり前の幸せを山ほど遺《のこ》してくれた人に、あらためて有難うと言いたい年の瀬なのである。

雪のなかで春を待つ

新潟への思い

学生時代、正月の帰省から東京へもどってくる火坂を上野駅まで出迎えに行った。まだ上越新幹線が開業していなかった頃である。ホームに滑り込んでくる特急ときの屋根には、真っ白な雪が綿帽子のように積もっており、この人は国境の長いトンネルを抜けて遠い異世界からやって来たのだと思ったものだ。

列車から降り立った火坂のボストンバッグには、休み中に読んだ大量の本と土産の笹団子、すがすがしい雪国の匂いがぎっしりと詰め込まれていた。

小説家になってから長いこと、火坂は故郷と正面から向き合うことを避けていたように思う。新潟への思いについて、エッセイでこんなことを書いている。

「雪国の冬の暮らしは、穴ぐらのなかにいるようである。活動が極度に制限され、毎年、正月はコタツにもぐって過ごす。大雪でバスが止まって、高校から2時間かけて真っ暗な雪道を歩いて帰ったこともあった。そんな暮らしを辛《つら》いとも何とも思わず、当たり前のことのように受け止めていた」

ところが、上京して山の向こうの明るい世界を知るようになると、

（この理不尽なまでの差はいったい何なのか）

と、静かな怒りにも似た気持ちを抱くようになったという。故郷と素直に向き合えなかったのも、そのあたりに原因があるのだろう。

だが、年月を経て、火坂の考え方にも変化が生じた。

「雪は負の面だけではない。長い冬がおわり、春がおとずれると、山から清冽《せいれつ》な水が流れだす。ちょうど田植えのころ、その水は広大な水田を満々とうるおし、ゆたかな稔《みの》りを約束してくれる」

越後が米どころであり、多くの銘酒を生み出しているのは、すべて雪の恵みなのだと感謝するに至った。

大河ドラマ放映後、火坂は直江兼続役の妻夫木聡さんと対談している。そのなかで表現してほしかったことの第一に、雪国の心を挙げている。

「冬というのは、雪国の人間にとって重く、苦しいものだけれど、そこで逃げず、

投げ出さず、耐えに耐える。ただじっと耐えるだけじゃなく、そこでむしろ力を養って、春に美しい花を咲かせるのが雪国の心です」

色紙を頼まれると、火坂はよく、

——雪のなかで春を待つ

という言葉を書いていた。厳しい冬に粘り強く耐えて春を待つ心、それは上杉謙信や直江兼続をはじめとする越後人のDNAに、しっかり組み込まれていたにちがいない。

はくほく線の車窓より

家康のこと　二人の意外な共通点

日本経済新聞夕刊で連載中だった『天下—家康伝』を脱稿した直後、火坂は病に倒れて救急搬送された。新聞紙上に「連載を終えて」の一文が掲載されたときには、ICUで意識不明のまま生死の境をさまよっていた。

その後、一時的に回復して一般病棟に移ったさい、私に指示して資料を運ばせ、単行本化に向けて原稿に手を入れはじめていた。

なぜ火坂が家康を描いたのか、不思議に思われる方が多い。それまでの火坂が選んだ題材といえば、上杉家をささえた直江兼続、弱小勢力でありながら鬼謀《きぼう》をもって世に名をなした真田一族、築城の名手と呼ばれた藤堂高虎、軍師の黒田官兵衛など、天下取りに縁がなかった武将が多い。小さき者の誇り、利よりも義を重んじる漢《おとこ》の気概、そういったものを好んで物語を書きつづけてきた。それがなにゆえに、天下人の家康に目を向けたのか、疑問に感じられるのも当然かもしれない。

しかし、考えみると、270年近い江戸幕府繁栄の礎を築いた家康とて、もとは駿河今川家と尾張織田家のあいだに挟まれた三河の小領主に過ぎなかった。

「後世の人間からすれば絶対的な覇者に見える家康も、若いころは知恵の限りを尽くさなければ生き残りが難しい地方の弱小勢力だったんだ。上杉家は義の家だけれど、ある意味、家康もまた信義に篤《あつ》い武将だったと思う」

多くの小説で、家康を主人公たちの前に立ちはだかる巨大な壁として描いてきた火坂だからこそ、その人間的な魅力に早くから気づいていたのだろう。

家康と火坂には、いくつかの共通点がある。

第一に、手相がそっくりだったこと。俗にマスカケと呼ばれる、感情線と知能線が一本になった珍しい手相で、家康ゆかりの三河岡崎をたずねたとき偶然に知って本人も驚いていた。

第二にミカンが好きだったこと。火坂が柑橘《かんきつ》好きだったことは以前にも触れたが、家康もそうだったらしく、静岡市の駿府城址《じょうし》には手植えのミカンの木が今も残されている。

そして何より、清らかな水辺を好んだこと。

晩年の家康は、富士山の伏流水が湧き出す柿田川湧水の近くに隠居用の城を建てようとしたという。栃尾の杜々《とど》の森湧水のほとりに住めたらと言っていた火坂もまた、水を愛してやまなかった。歴史上の人物に好き嫌いはないと公言していたが、人としての家康に親しみをおぼえていたことは疑う余地がない。

着流しと長髪

火坂が愛したスタイル

いつからであったか、おおやけの場で火坂は和服を着るようになった。時代物を書く作家として、着物は登場人物たちの息づかいに近づくための一手段だったかもしれない。

叔父が呉服屋を営んでいたこともあり、子供の頃から着物を身近に感じていたようである。誰に教えられるでもなく、洋服を着るようにさっさと着付けしてしまう。

スーツとネクタイよりも、

「このほうがずっと楽なんだ」

と言っていた。

定番は米沢紬《つむぎ》の袷《あわせ》の着流しで、単《ひとえ》はさらりとした肌触りの塩沢紬を好んでいた。夏には家でも小千谷縮を着ることが多かった。

なぜ羽織、袴《はかま》を着けない着流しだったかというと、火坂の頭には坂口安吾や織田作之助ら、型にとらわれない無頼派文士たちのイメージがあったように思う。好きな作家の一人に立原正秋がいて、鎌倉の浜辺を歩く着流し姿の氏の写真をよく眺めてもいた。一度、お召《めし》の羽織姿で講演に出かけたことがあったが、途中で乗ったタクシーの運転手さんに落語家の方ですかと聞かれ、それに懲りて羽織はあまり用いなくなったようだ。

火坂にとって着物は、言ってみれば武士の甲冑《かっちゅう》のようなものだった。襟元を合わせ、きゅっと帯を締めて扇子を挿したとたん、にわかに背筋が伸びて戦場へ向かう厳しい男の姿に一変するのだ。

和服と同時に、火坂といえば肩近くまで伸びた長髪を思い出される方もおいでなのではないだろうか。わざわざ着物のために伸ばしていたわけではなく、私の記憶するかぎり、若い頃からあまり変わっていない。高校時代はバンドをやっていて、当時は似たような髪形の若者が多かった。小説以外のことには無頓着だったから、しぜんとあのスタイルが定着してしまったようである。

書斎で原稿を書くときは、作務衣《さむえ》を愛用した。何年か前に新潟へ行ったとき、亀

田縞《じま》の反物を入手してきて、

「これで新しい作務衣を仕立てよう」

と、嬉《うれ》しそうに笑っていたのをおぼえている。亀田縞は江戸時代に越後で生まれた木綿の織物で、日常着としても使える庶民の暮らしに馴染《なじ》んだ伝統の逸品である。

残念ながら、火坂は楽しみにしていた作務衣を着ることなく旅立ってしまった。残された反物をどうしようか考えたすえ、私は小さな出窓のカーテンとして使っている。邪道な使い道かもしれないが、和の風合いがお洒落《しゃれ》なうえに、火坂の優しさが陽射《ひざ》しを遮ってくれているようで結構気に入っている。

火坂と書　ぬくもりに満ちた墨跡の秘密

身びいきかもしれないが、私は火坂の書が好きだ。書き手の人柄に似て、たわたわとやわらかく、心を包み込むようなぬくもりに満ちている。大事な人を失って途方にくれたとき、寂しさで理由《わけ》もなく泣きたくなる夜、壁に飾った書に何度励まされたか知れない。

作家という職業柄、本のサインや色紙を頼まれることが多かったが、それを抜きにしても筆で文字を書くことが趣味のようになっていた。

家のもっとも奥まったところに、

――書部屋《しょべや》

と、火坂が呼んでいた細長い空間があった。

机の上にいつも硯《すずり》と筆が置かれており、仕事を終えた夜更け過ぎ、ここに籠《こ》もって明け方まで書を楽しんでいた。隣の寝室で寝ていると、朝、墨の匂いで目覚めることもしばしばだった。部屋の床一面に書き上げたばかりの色紙を並べ、私をたたき起こして出来のいい一枚を選ばせることもあった。

火坂の母は長らく書道を習っていたが、本人が正式に学んだという話は聞いたことがない。書部屋の本棚には、良寛や會津八一、巻菱湖《まきりょうこ》関連の書籍が並んでいて、リスペクトする先達の遺墨を手本にもしていた。

だが、火坂の書の原点となったのは、

「高校の教科書さ」

字が上達するコツを聞いたときに、意外な答えが返ってきた。

本人の談によれば、受験勉強のために、日本史の教科書を一冊丸ごと、印刷の活字そのままにノートに書き写したそうである。写し終えたときには、古代から近代まで歴史の流れが頭におさまると同時に、

「いまのような字を書くようになっていた」

というのである。たしかに、中学生のときに書いていた日記の文字は、別人のように子供っぽい。へえ、そんなものかと感心したが、悪筆にコンプレックスを持つ私は半信半疑でいた。

ところが、独特の書でも知られる画家の中川一政の随筆に、次のような一節を見つけた。少し長いが、原文を引用させていただく。

——書を裸にすると活字みたいなことになる。今、新聞雑誌に使はれてゐる活字は、先人がいろいろ工夫してきた末に出来た「字」である。これが一番使ひよい、見よい字なのである。そして形とか空間とか、一字づつよく考へられて作られてゐる。まづこの字を手本にして習字することだ。まづこの活字をみて触発されるものをかくことだ。（中川一政水墨岩彩『花下忘帰』）

これを機に、新聞の活字を手本にして六十の手習いをはじめてみようか。

交友録 切磋琢磨し、時代を共有した作家仲間

火坂は人づきあいが好きなほうではなかったが、それでも深く心でつながった知人は少なからずいた。

孫子ほどの年の差を超えて知友となった大分県中津市の郷土史家、無名の頃から変わらず応援してくださった越乃寒梅の先代社長石本氏、理想をかかげて政治家の道を歩んだサークルの先輩など、じつに幅広い。広島県の楊心《ようしん》流薙刀《なぎなた》術宗家、小山宣子《たかこ》さんのように、私とは一度もお会いしたことがないにもかかわらず、いまだに広島名産の宮島カキを送ってくださり、年に何度か電話でお話しする方もいる。これも火坂の余徳というものだろう。

一方、同業の小説家となると、師匠の菊地秀行氏を別にすれば、パーティーのときに挨拶する程度で、親しい方はさほどいなかった。

そんななか、1993（平成5）年ころだったか、文芸評論家の縄田一男氏の呼

びかけで、当時、新進気鋭だった若手の歴史、時代小説家が一堂に会する機会があった。某出版社が時代物専門の新雑誌を創刊するので、有望な作家を集めたいというのが企画のはじまりだったと聞いている。

火坂のほか、安部龍太郎さん、東郷隆さん、宮部みゆきさん、宮本昌孝さんら、そうそうたる顔触れがメンバーに加わっていた。その時々の人数で「五人会」とか、「六人会」とか呼ばれていたようだ。

具体的にどんな活動をしていたのか、部外者の私は知るよしもない。月に一度集まって、江戸東京博物館を見学に行ったり、旧大名屋敷の庭園を眺めながら酒を呑《の》んだり、武具研究家をお招きして甲冑《かっちゅう》の着付けなどを学んだこともあるらしい。

その流れから、映画の撮影に使われた甲冑を購入し、大塔宮護良《もりよし》親王ゆかりの鎌倉宮で節分におこなわれる武者行列に参加していた。火坂は安部さんと共に、僧兵の扮装《ふんそう》をしている。町を練り歩くよりも、豆まき後の直会《なおらい》を楽しみにしていて、いつもおおいに酔っ払って千鳥足で帰ってきた。

この五人会からは、のちに『運命の剣のきばしら』というリレー小説が誕生した。鎌倉時代に備前の刀工によって誕生した無銘の名刀が、さまざまな時代、人の手を経て、やがて歴史の闇に消えてゆくさまを、一人一作ずつ書き継いだ異例の連作である。それぞれに、皆さん名手なので読み応えがある。火坂も同業者と切磋琢磨《せっさたくま》する機会を楽しんでいた。

30代後半から40代にかけて、時代の熱気を共有した仲間がいたことは、忘れ難い貴重な経験だっただろう。五人会で知り合って、意気投合した宮本昌孝さんについては、次回にお話しできたらと思う。

善き友

たった一人、大事な店に連れて行ったライバル

かつて私たちが暮らしていたマンションの近くに、鳥竹という焼き鳥屋があった。会社員だった頃から、夫婦で週に一度は通っていた店である。

鳥竹の焼き鳥は日本一うまいと火坂が唸《うな》るほどで、編集者との打ち合わせにも使っていた。東京下町出身のきっぷのいい親父《おやじ》さんとおかみさん、そのご家族でやっていて、カウンターだけの狭い店内に漂うあたたかな雰囲気に、肩を寄せ合う客の誰もが幸せそうな顔をしていた。

小説を書くようになってから、火坂は新刊が出るたびに、まだ書店に並んでいない一冊を真っ先に店へ持っていった。親父さんはにっこりと笑って、

「先生、よかったね」

と、自分の呑《の》み料の酒を一升瓶からコップになみなみと注いでくれた。いつも人肌のぬくもりに包まれているような、火坂のとっておきの店だったのである。

その大事な店に、同業の小説家のなかで唯一連れて行ったのが宮本昌孝さんだった。時代小説界の第一線で活躍中の宮本さんについては、説明するまでもないだろう。

宮本さんと呑みに行く日は、朝から落ち着きがない。仕事など放り出し、

「宮本さんはお洒落《しゃれ》だからね」

と言って、まるで女子会にでも行くように服を選んだりしていた。

地元で人気の鳥竹は、開店と同時に満席になるため、日暮れ前の夕方4時半に待ち合わせをした。それから延々と呑みつづけ、帰宅が翌日の明け方になったこともある。鳥竹は夜9時には店を閉めてしまうのだが、その後2人でいずこへ消え、何を語り合っていたのか。宮本さんなら安心だろうと、私は勝手に全幅の信頼を置いていた。

両人とも締め切りに追われる立場だったので、酒を酌み交わす機会は、数年に一度あるかないかだったろう。やがて鳥竹も、親父さんの死去とともに暖簾《のれん》を下ろしてしまった。それでも火坂は、雰囲気のいい小体《こてい》な寿司屋とかを見つけると、

「ここ、宮本さんと来たいな」

などと折に触れて会いたがっていた。

火坂亡きあと、宮本さんは酒を持って墓参りに来てくださった。しばらく墓と向き合って、心で何かを語りかけているようだった。

戦国群雄の戦いは、価値観と価値観の戦いでもあったと火坂は言っていた。小説家も同じだろう。ライバルではあるけれど、たがいの価値観を認め合ったとき、そこに友情が生まれるのではあるまいか。宮本さんの背中を見ていて、ふとそんなことを考えた。

古陶のかけら

ある骨董屋での出会いから

いまはどうか知らないが、私たちが若い頃、鎌倉の由比ケ浜へ行くと青磁の小さな破片が波打ちぎわに落ちていることがあった。甘い潮の匂いを含んだ海風に吹かれながら、桜貝の貝殻や、透きとおった青みがさわやかな青磁のかけらを探して砂浜をそぞろ歩いたものだ。

火坂が骨董《こっとう》に興味を持ちはじめたのは、いつからだっただろう。もともと古くて美しいものが好きだったが、古書市へ行った帰り、片隅のコーナーに店を出していた「海のシルクロード」という骨董屋との出会いが熱中するきっかけだったと思う。

海のシルクロード、読んで字のごとく東洋と西洋を結ぶ海上交易の道である。中国から東南アジア、インド洋をへてアラブ諸国、トルコのイスタンブール、はるかヨーロッパへと陶磁器や香辛料などが運ばれた。ことに陶磁器は重くて割れやすく陸上輸送に適さないため、船を使っての海上ルートが使われていたらしい。

当然ながら、船は嵐に遭うこともある。海に沈んだ船から引き揚げられた陶磁器、いわゆる海揚がりに火坂は夢中になった。

「海揚がりと聞いただけで、真っ青な大海原が眼前にひらけ、壮大なロマンに胸が染め上げられる」

と、エッセイのなかで書いている。

海のシルクロードの店主からは、直径60センチを超える青磁の大皿をすすめられた。フィリピンのサンバレス州沖で見つかった沈没船から引き揚げられたという竜泉窯《りゅうせんよう》の皿は、いささかも傷んでおらず、頭がくらくらするほど美しかった。だが、とうてい私たちの手が出る値段ではない。

代わりに火坂が手に入れたのは、小さな染付の酒杯《しゅはい》だった。イスラム圏に輸出する途中で海に沈んだせいか、日本の染付とは趣の異なるエキゾチックな姿をしていた。

以来、私たちは骨董市の常連になった。生涯一度の恋のような出会いもあれば、贋物《がんぶつ》をつかまされて苦い思いをすることも多々あった。何度失敗しても懲りなかったのは、雑多なガラクタの山のなかから、遠い過去と現代を結ぶロマンのかけらを見つけ出す喜びがあったからだろう。

毎年の春の楽しみは、戦利品のなかでお気に入りだったタイの鉄絵皿のかけらに、フキの煮物やセリのおひたしをのせて花見の肴《さかな》にすることだった。アサツキに味噌《みそ》を添えてもさまになる。日本の山菜とアジアの古陶の取り合わせは、妙にしっくりして味わい深い。

約束の木

家族でまた会えるように…

誰の心にも、深く刻まれて忘れられない風景があると思う。火坂の場合、それは新潟へ帰省する上越新幹線の車窓から目にした風景だった。

4月のなかば頃からゴールデンウイークにかけて、はるかな山並みにはまだ雪が残っており、ふもとに満開の桜、さらに手前に冷たい雪解け水を集めた魚野川の清《せい》冽《れつ》な流れをのぞむことができた。

「これぞ日本の美しい風景、僕は新潟へ帰るたび、この自然のめぐみ豊かなふるさとに生まれてよかったと思う」

やがて長岡を過ぎ、列車が新潟市へ近づくと、水田は満々と水をたたえて田植えの準備がはじまっている。遠く妙高の山肌には、種蒔《ま》きの時期を告げる跳ね馬や謙信公の雪形があらわれている頃だろう。直江兼続や上杉景勝も、こんな景色に季節の喜びを感じたにちがいない。もっとも昨今は春が早いので、過去の記憶とはだいぶ時期がずれてきているかもしれない。

目を細めて窓の外を眺めていたとき、火坂がこんなことを口にした。

「人には必ず、別れのときがやってくる。遅いか早いかはわからないが、運命から逃れられる者はいない。ただひとつだけ、覚えていてほしい。僕はたとえ今日斃《たお》れても、一片の悔いも残さない覚悟ができている。どこでのたれ死んでも、それはやりたいことをやって走りつづけた前のめりの死であるから、君は悲しまなくていいよ」

さらにつづけて、

「別れてもまためぐり会えるよう、向こうの世界で落ち合う場所を決めておこう」

と、真顔で言った。

どちらが先に逝っても、川を渡ったその先の岸辺に生えている木の下で待っていようと、まるで現実世界の話であるかのようにことこまかに場所の説明をした。たんなる冗談ではなかった証拠に、家に帰ってから、愛犬相手にも同じことを繰り返し言い聞かせていた。

待ち合わせの木がどんな木であるかは、夫婦と愛犬、家族だけの秘密なので、ここで明かすことはできない。ただ今になって、私はそのときの約束を思い出し、胸がほっこりとあたたかくなる。

残りの人生を懸命に生きて、たどり着いた先に、(なつかしい人が待っている……)

そう考えただけで愉快になるではないか。まだまだ見聞をひろげ、美味《おい》しいものを食べ、約束の木の下で待っている火坂に土産話を山ほど持って行こう。

草野球 「このままでは終われない」その悔しさが成功の秘訣

編集者だった20代の頃、火坂は草野球チームに属しており、週末ごとに神宮外苑の軟式野球場でおこなわれる試合に参加していた。作詞家の吉岡治氏がオーナーだったエンカクラブというチームで、版画家の原田維夫《つなお》さんが監督兼主将をつとめておられた。

ご存じのとおり、火坂は身長180センチのいかにもスポーツができそうな体格である。子供の頃から足が速くて、しかも中学時代に野球部の経験があるというので、小説の挿絵などで交流のあった原田さんからじきじきにスカウトされた。チームの主軸を打てる強打者という期待があったのだろう。

ところが蓋《ふた》をあけてみれば、外野の守備でエラーをする、チャンスでことごとく凡退とまったくいいところがない。マネージャーをしていた某女流作家さんと肩をならべて試合を観戦していた私も、ベンチに流れる微妙な空気に冷や汗をかいた。

「このままでは終われない」

歴史小説以外のことにはいつも一歩引いた態度をとっている火坂が、めずらしくむきになった。人前では口に出さなかったが、よほど悔しかったのだろう。

草野球は趣味であるし、そう熱くならずともいいのではないかと思ったが、それから会社帰りに駅近くのバッティングセンターに立ち寄り、小一時間ほど汗を流してくるようになった。

草野球とはいっても、対戦相手のチームにはかつて甲子園に出場したピッチャーがいることもあり、なかなかにレベルが高い。同郷の水島新司さんのチームや、野球好きの芸能人のチームと対戦することもあった。

ちょうど同じ頃、東京の大学に進学してソフトボールをやっていた火坂の弟が、不振を極める兄にバッティングフォームの助言をしてくれたそうである。とたんにヒットが生まれ、弟さんのほうが見どころがあると、チームメイトに冷やかされたらしい。

練習を重ね、少しずつ調子が上向きになってきたとき、

「今日はホームランを打つから必ず応援に来なさい」

と誘われた。その自信がどこからきていたのかわからない。あまり期待せずに試合を見に行った。

結果はホームランこそ出なかったものの、目の覚めるような逆転の二塁打を放ち、チーム全員から嵐のような祝福を受けた。打ち上げのビールの味は、おそらく一生忘れないだろう。それで憑《つ》きモノが落ちたのか、火坂は草野球から引退して小説の執筆に専念するようになったのだった。

羊羹合戦　「好き」が小説の題材になるとき

――越後出雲崎にある庄九郎の庵からは眺めがいい。庵の縁先から、鉈《なた》で断ち割ったように落ち込む荒々しい断崖の下は、玻璃《はり》のような冷たく澄んだ海が広がっている。

引用したのは、火坂の短編『羊羹合戦《ようかん》』の書き出しである。

主人公の渡辺庄九郎は、上杉謙信に仕えた家臣であったが、御館の乱ののち跡継景勝の勘気をこうむって主家を追放された。出雲崎の庵で隠棲《いんせい》していたところ、執政直江兼続の密命を受け、関白秀吉の鼻をあかすための羊羹作りに挑むという物語である。

火坂は羊羹が好きだった。たんに好きというだけでなく、あわよくば小説の題材にしてしまおうという下心も持っていた。

老舗虎屋の夜の梅にはじまり、伏見駿河屋の紅羊羹、本郷藤むらの羊羹、松山の薄墨羊羹、諏訪の塩羊羹、名古屋の上《あが》り羊羹、二本松玉嶋屋の本練羊羹、羽前小松の塩小倉羊羹等々、各地の羊羹をたずねてまわった。「羊羹研究」と題したノートに、その成果が書きとめてある。味の感想から由緒、包装と中身の絵まで色鉛筆で丹念に描かれていた。

新潟県内では里仙の越の里、寺泊久乃屋の塩たき、高田の大杉屋惣兵衛の第一義などが好みだった。このうち、越の里については、

――白インゲンの風味がきわめてシャープに生かされ、舌をほどよくくすぐる。雪をほおばった匂いがする。

塩たきに関しては、

――ほんのりとした塩味が寺泊の潮風を感じさせる。

第一義は、

――義の味がする。まともなものをまともにつくる高田の風土が羊羹ひとつのなかに生きている。

と、走り書きされている。

そうした長年の羊羹行脚の結果生み出されたのが、冒頭にご紹介した『羊羹合戦』という小編だった。実話ではなく、あくまでフィクションである。ただし、天正17（1589）年に秀吉が聚楽第《じゅらくてい》でもよおした大茶会のさい、伏見駿河屋の紅羊羹を諸大名への引き出物にしたという記録が残っており、この紅羊羹に刺激された前田利家が、金沢城下の茶人に命じて作らせたのが本郷藤むらの羊羹のはじまりだという。

秀吉の大茶会には、当然上杉家も招かれていたから、前田家のごとく羊羹作りを命じることがあったかもしれない。ちなみに、小説に直江兼続を登場させたのは、火坂にとってこれがはじめてで、いっそう思い入れの深い作品になっている。

夫婦喧嘩の収め方

丸め込まれて騙されて…それもまた楽し

私たち夫婦はよく喧嘩《けんか》をした。

火坂が会社を辞めて以来、ほぼ365日家のなかで顔をつき合わせていたのだから、それも当然といえば当然かもしれない。

執筆に没頭しているとき、火坂は神経過敏でつねにイライラしていた。上杉景勝は〝笑わぬ殿さま〟と呼ばれていたそうだが、仕事中の火坂もまさにそれで、いつも眉間に皺《しわ》を寄せ、うかつに触れれば刀でも抜きそうな緊張感を全身にただよわせていた。女房としてはなるべく刺激しないように、息をひそめながら身を処すようにしていた。

それでも我慢がならず、時としてキレてしまうこともあった。原因の多くは食事に関することだった。

「手抜きしないように」

「たまには変わった料理が作れないのか」

昨今はリモートワークでパートナーが在宅する機会が増えたから、三度の食事に文句をつけられる辛《つら》さは、多少なりともご理解いただけるかもしれない。

「それでは、何を作ればいいか考えて」

憤然として言い返すと、火坂はいとも簡単にわかったとうなずいた。数日後、家に重いダンボール箱が届いた。なかからあらわれたのは『料理秘伝』『日本料理の奥義』『寿《す》し店経営のすべて』『さかなの見分け方』『包丁人の生活』等々、大量の料理本だった。ただのレシピ本ならいざ知らず、こんな専門書から何を学ばせようというのか。結局、それらの書籍をもとに料理を題材にした短編を書き上げ、夫婦喧嘩はうやむやになってしまった。

ほかにもちょっとしたことで口論になると、火坂は無言で家を出て、ものの30分もしないうちに帰ってくることがよくあった。どこで買ったのか、一輪の薔薇《ばら》を差し出されて、

「不毛な喧嘩はやめよう」

と言われると、こちらも冷静にならざるを得ない。いま考えれば、どちらがいい

か悪いかよりも、つまらない諍《いさか》いで無駄にする時間を惜しんでいたのだろう。人生は短いのである。

加藤清正に仕えた飯田覚兵衛の言葉に、

――我、一生主計頭《かずえのかみ》（清正）に騙《だま》されたり。

というのがある。自分は生涯、殿になだめすかされながら最後まで頑張り抜いてしまった、なんとうまく騙されたことよ。

騙されたと言いながら、覚兵衛の言葉にはカラリとした笑いと主従の揺るぎない信頼関係がうかがえる。私も同様で、火坂の人心掌握術に丸め込まれることを楽しんでいたような気がする。我、一生火坂に騙されたりなのである。

青春の街　独り暮らしを過ごした場所はいま

東京の中野サンプラザが閉館になるというので、ふと思い立って数十年ぶりに中野の街をたずねてみた。

中野は大学入学で火坂が上京して以来、結婚するまでの8年間を過ごした街である。駅の北口前に建つ中野サンプラザは、言ってみればこの街の象徴のようなもので、東京で独り暮らしをはじめて歴史小説家をこころざすようになった火坂の青春を見守ってきた。

静かな港町に暮らしているせいか、たまに東京へ出てくると、人の多さに頭がクラクラする。電車に乗って、中野が近づいてくるにつれ、いつになく胸の高鳴りを感じた。火坂が生きたあかしが、跡形もなく消えていたらどうしよう。あれからバブルの時代とその崩壊、新型コロナウイルスの蔓延《まんえん》による行動制限の数年間など、数えきれないほどの荒波がその街を行き過ぎていったのだから。

不安と期待を抱いて駅に下り立つと、意外にも何の違和感もなく、あたりの風景が視界に飛び込んできた。その理由《わけ》は、やはり見馴《みな》れた中野サンプラザが変わらず駅前にそびえ立っていたからだろう。

大学の授業が終わって下宿をたずねると、火坂は中野サンプラザへ私を連れて行った。コンサートやイベントを見に行ったわけではない。建物の何階だったかに、全国の地方新聞を閲覧できるコーナーがあり、火坂はそこで紙面に目を通すのを日課にしていた。最初はふるさとの匂いが懐かしくて、新潟の新聞を読みに通ってぃたのだろう。そのうち、各地の地方紙に載っている土地ならではの面白い話、歴史、風物などに興味の幅を広げていった。ひとしきり新聞で知識を詰め込むと、それから商店街の3階にある書店にまわり、むさぼるように本を立ち読みしたのだった。

その書店は、いまもたしかに存在していた。ただ、周囲にはアニメのフィギュアなどを売る店が軒をつらねており、いつしかここがサブカルチャーの聖地になっていたことを思い出させた。

それから、下宿があったあたりを歩いてみたが、百万石荘という名のアパートは、とっくの昔に火事で焼け、代わりに小ぎれいなマンションが建っていた。火坂がアサリの酒蒸しとゲソワサを肴《さかな》に、将来への不安と悩みを吐露した居酒屋も、別の店に入れ替わっている。

それでも、不思議に寂しさは感じなかった。たしかに街の姿は大きく様変わりしたが、そこに行き交う人々の噎《む》せ返るような熱気は、以前と少しも変わっていない。きっとまた、火坂のような夢を抱いた若者が、この街から何人も羽ばたいていくのだろうと思いながら、過去への短い旅を終わらせた。

兼続との出会い　学生時代の創作ノートから

この連載を始めるようになってから、納戸の片隅に手つかずで放置してあった火坂の日記や読書メモ、創作ノートに目を通すようになった。

勝手に読んでごめんねと謝りながら、当時はそんなことを考えていたのかと、あらためて目からウロコが落ちるようで、ページを繰る手が止められなくなる。

驚いたのは、かなり早い学生時代のころから、小説家になったら直江兼続を主人公に物語を書こう、と決めていたのを発見したことだった。

火坂が創作ノートをつけはじめたのは、１９７７年の10月である。21歳、大学3年の秋、その頃のノートに、

――戦国時代でもしかくとしたら直江兼続以外にない。

と、はっきりしるされている。すでに私は火坂と付き合っていたはずだが、直江兼続の名を聞いた記憶がない。その頃はまだ、兼続の名はさほどメジャーではなか

ったから、聞いても忘れてしまったか、火坂が自分だけの胸に大事な宝物のようにしまい込んでいたのだろう。

プロの作家になってしばらくは、伝奇小説や剣豪小説を書いていたため、本格的な歴史物として兼続の生きざまを描く機会がやってくることはなかった。それでも心に燠火《おきび》のように燃えつづける故郷の武将への思いは止《や》みがたく、こつこつと地道に下調べを積み重ねていたようだ。

火坂の片恋にも似た思いを私が強く認識するようになったのは、兼続ゆかりの山形県米沢市をはじめておとずれたときだった。旅の目的は、米沢信用金庫で発刊していた非売品の『直江兼続伝』を入手することであった。

信用金庫の本店をたずねて目当ての本を手にすると、頬を紅潮させ、道を歩きながら直江兼続がいかに魅力的な男であるかを滔々《とうとう》と語りだした。林泉寺にある兼続夫妻の墓へ詣でたのも、そのときが最初だったろう。

「だけどね、まだ書かせてもらえる場がないんだ。いつか、天の時、地の利に叶《かな》い、人の和がととのう時が来るのだろうか」

北越軍談にある上杉謙信の言葉を口にして、深くため息をついた。

その後も、新潟県内各地、会津、山形へたびたび足を運んで、いつ発表できるかあてもない一作のために準備をすすめていった。

だからというわけでもないが『天地人』の連載が決まったとき、火坂の顔は緊張で蒼《あお》ざめ、肩に力が入っているのが傍《はた》目にもわかった。

「ようやく、ここからすべてが始まる」

兼続の名をノートに書きつけてから、すでに四半世紀以上の時が流れていた。

七転八倒　間近で見ていた『天地人』への思い

いまだから話せるのだが、火坂が亡くなってしばらく、私は彼の著作を読むことができなくなっていた。

むろん、遺作の刊行や旧作の文庫化のために、校正ゲラをチェックせざるを得ないこともある。そんなときは、やむなくと言ったら語弊があるが、清水の舞台から飛び降りるような覚悟で文章に目を通した。それぞれの作品には、その時々の鮮やかな思い出が埋もれており、読み返すのがためらわれたからだ。

年月が流れ、最近になってようやく一読者として火坂の小説を愉《たの》しめるようになってきた。しかし、代表作となった『天地人』だけはどうしても駄目で、本の背表紙さえ目に触れないよう、意識して本棚の奥にしまい込んでいた。

「小説家になってから、これほど執筆に苦労した作品はない」

火坂はしばしば『天地人』のことをそう語っていた。肌に馴染《なじ》んだ故郷が舞台なのだから、楽に書けるかというと、そういうことでもなかったらしい。あれも書きたい、これも書きたいと、泉のように欲が湧き出して客観的な視点を保つのが難しいとも言っていた。

作品の舞台をたずね歩いた写真紀行『「天地人」を歩く』の前書きで火坂自身がこう書いている。

――『天地人』はとくに形がととのった完璧な作品というわけではない。むしろ、不格好な部類に入るのではないかと思っている。不格好になったのには理由がある。作者の主人公、そして土地に対する偏愛である。思いが強すぎるのである。

執筆前、火坂は取材におとずれた上越市の関係者の前で、
「原稿料はただでもいいから、この男を書かせていただきたい」
と叫んだそうである。情が深すぎるがゆえに、じっさいに執筆がはじまってみると、プレッシャーに押し潰《つぶ》されそうになり、はやる気持ちと偏愛する主人公を描くことの難しさの板挟みになって七転八倒した。

私が『天地人』を敬して遠ざけていたのは、そんな悶絶《もんぜつ》する姿を間近で見ていたからかもしれない。

しかし、といまにして思う。作品が不格好なのは、そんなに悪いことなのだろうか。形がととのっていることだけを求めるのならば、最先端の生成ＡＩが作った文章を読めばいい。火坂が祈りを込めて生み出した不格好な小説を、多くの方々が手に取ってくださった。そのことの有難《ありがた》さに気づいたとき、

（もう一度、読んでみようか……）

むしょうに、苦闘の日々が懐かしくなった。

夏のおかゆ

朝の定番は、蟬の声とともに

真夏の朝、犬の散歩から帰ってくると、火坂はまだ深い眠りのなかにあった。

家にいるときは、昼すぎから夜の10時くらいに原稿の執筆をすることが多かったが、夏の盛りだけは別で、暑気を避けて真夜中から明け方にかけて仕事をした。そのため、午前中はカーテンを閉めきった部屋にクーラーをきかせて熟睡していた。

もっとも、散歩帰りの愛犬空《くう》にとっては、飼い主の事情などお構いなしである。部屋に闖入《ちんにゅう》するや、ふとんから突き出ているご主人さまの足をなめはじめ、いつしか隣にもぐり込んで一緒に寝てしまうのが夏の朝の慣例になっていた。

火坂と空が朝寝をしているあいだ、私はキッチンでおかゆ作りに取りかかる。いつの頃からか、わが家の夏の朝食の定番は、米から土鍋で炊いたおかゆになっていた。

執筆に取りかかる直前、火坂は、

――景気づけ

と称して、コップ酒をぐいっと一杯あおる。それから原稿に向き合い、数時間集中したあと、極度に緊張した頭をリセットするために寝酒をまた一杯。夜中に小腹が空《す》くので、サバ缶をつまみにした。駅前のマンションに暮らしていた頃は、近所の隠れ家バーや背脂こってり系ラーメンの店にこっそり出かけていたようだ。

そのまま疲れて眠ってしまうのだから、寝起きにはカラカラに喉が渇いていることになる。朝食がおかゆになったのは、クーラーで冷えた胃をあたためるのと、汗で失われた体の水分をおぎなうためであった。

おかゆが炊き上がる頃、ようやく起き出してきた火坂と朝食の膳を囲んだ。いや、すでに陽が高くなっているので、昼食と呼ぶべきだろうか。

おかゆをよそうのは、沖縄へ旅したとき、読谷村《よみたんそん》のやちむんの里で買ったマカイであった。やちむんとは、沖縄の言葉で焼物のこと、マカイは汁物や御飯を盛るのに使う碗《わん》をさす。

おかゆに添える副菜は、ちりめん山椒《ざんしょう》か岩海苔《のり》の佃煮《つくだ》、梅干しなどだった。さらに十全ナスの浅漬けがあれば最高なのだが、そうなると迎え酒にビールが呑《の》みたくなってしまうので火坂はあえて我慢していた。食事をすませ、またひと眠りしていると、編集者諸氏から原稿の催促や打ち合わせの電話がかかってきた。

このところすっかり老いて耳が遠くなってしまった愛犬も、あの夏の日のおかゆの匂いと、降りそそぐ蝉《せみ》の声を憶《おぼ》えているのだろうか。

ご神木　執筆の主戦場、仕事机に選んだ板

祖父母のいる家庭で育ったせいか、火坂は見かけによらず信心深く、祖先への礼節や土地の精霊への尊崇を大切にしていた。

晩年に暮らした町は、もともと江戸城築城のさいの石切場があったところで、そのためか辻々に石の道祖神やお地蔵様が祀《まつ》られている。駅までの道すがら、石仏の前を通りかかるたびに、火坂は律義に帽子を脱いで一礼したものだった。

終《つい》のすみかとなった築50年以上の古家をリフォームするにあたり、火坂は執筆の主戦場となる仕事机にこだわった。

「資料がストレスなく広げられる、大きくて長い机を作ってください。できれば木の質感を大事にしたい」

と、建築会社の鳥越《とりごえ》文夫さんに注文をつけた。

鳥越さんは腕のいい大工の棟梁《とうりょう》で、人柄が温和で面倒見がよく、木の端きれの一

片まで無駄にしない誠実な仕事をなさる方である。これまでに何軒も古民家の改築を手がけておられ、初対面のときから火坂が信頼を寄せていた。

注文を聞いた鳥越さんは、私たちを富士山の裾野の静岡県三島市にある木材の卸問屋へ連れて行った。それは、1月下旬のしんしんと底冷えのする日だったと思う。

木材の問屋といっても、扱う品はただの建築資材ではなく、各地から取り寄せた名木が製材されて、広大な倉庫に何百、何千枚と保管されていた。

「さあ、好きな板を選んでください」

骨董《こっとう》や古本の目利きには馴《な》れているはずの火坂だが、これだけ大量の板のなかから一枚を選び出すのは至難の業である。

そこで問屋の業者がすすめてくれたのが、栃木県と茨城県の境に鎮座する鷲子《とりのこ》山上《さんじょう》神社のご神木だったという柾目《まさめ》の美しい杉板であった。製材した状態で幅1メートル50センチ、長さ3メートルあまり、厚さ10センチ近くある。一目で気に入った火坂は、

「この木には、小説の神様が宿っているよ」

惚《ほ》れぼれとしたようすでご神木を撫《な》でた。

私たちは現場をじっさいに見たわけではないが、鳥越さんによれば屈強な職人が6人がかりで重い杉板を運び込んだのだそうだ。そのほか、パソコンの机としてイタヤカエデの板、骨董品の飾り棚に中国のクワの木を設置してもらった。

ご神木といえば、家の門にかかげた表札は『真田三代』を連載していたとき、長野県上田市の方が真田神社の杉の木に火坂の手書き文字を刻んでくださったものである。帰宅すると、うんうんと満足げに表札を見上げていた姿をつい昨日のことのように思い出す。

関ヶ原　火坂の代わりにたずねた古戦場

慶長5（1600）年の旧暦9月15日は、美濃関ヶ原で徳川家康ひきいる東軍、石田三成ひきいる西軍が激突した日である。病に倒れた頃、火坂は三成の右腕として知られた島左近の小説を連載しており、いよいよ物語が佳境にさしかかるというので、関ヶ原を取材に行く予定が入っていた。

「古戦場には、そこで散っていった者たちの思い、よどんでいる〝気〟がある」

雑誌の編集者だった頃から、落城した城跡や古戦場は数知れず取材してきたはずなのに、どうもこの種の場所を苦手にしていたふしがある。

結果的に島左近の小説は、火坂の死により関ヶ原合戦の場面が描かれぬままの形で刊行されることになった（『左近』（上・下））。人生に心残りがあるとすれば、日本史上もっとも大きな歴史の転換点の現場をみずからの目で確かめなかったことであろう。それがずっと心にかかっていたため、岐阜県の関ヶ原町をたずねてみようと思った。

古戦場には〝気〟がよどんでいると火坂は言ったが、あたりにはのどかな田畑が広がっているばかりで、吹きわたる風が心地良かった。それでも、東西両軍あわせて15万人以上の兵がぶつかり合った痕跡は、いたるところに残されている。

徳川家康の本陣をはじめ、本多忠勝、井伊直政ら、名だたる武将たちの陣跡、木立の陰にひっそりとたたずむ首塚。こんな言い方はおかしいかもしれないが、自分の目が火坂の目になり代わって、歴史の現場を眺めているような気がした。

取材に出るとき、火坂はカメラとメモ帳を携帯した。付き合っているこちらが飽き飽きして音を上げるほど写真を何枚も写し、気づいたことをこまごまとメモ書きして、風景をスケッチした。きっと私が何げなく見過ごしてしまった小川の流れや道端の草むらにも、何かの濃密な〝気〟を感じ取ったにちがいない。

そんなことを考えながら、行きかう人もまれな野を歩き、火坂がめざしたであろう笹尾山の石田三成の本陣跡にたどり着いた。小高い丘のすぐ下には島左近が陣を張った場所があり、眼前に関ケ原の激戦地をのぞむことができた。右手には、戦いの帰趨《きすう》を決した小早川秀秋が陣をしいた松尾山が見える。

決戦に敗れた三成、左近主従の思いが胸にせまると同時に、這《は》ってでも取材に行くと言って主治医を困らせた病床の火坂の姿が頭をよぎった。

亡き人の代わりに両手を合わせて空を見上げると、足の早い雲が西から東へ向かって流れていた。

分別の肝要

決められないときは、情けを念頭に置く

火坂は決断の早い人間だった。

会社を辞める、引っ越し先を決めるといった重大なことから、レストランのメニューや着物に合わせる帯選びなどのちょっとしたことまで、迷いなく瞬時に決めた。

私たちは仕事の合間によく麻雀《マージャン》のゲームで気分転換をしたのだが、そのときも思い切りがよく、負けても下した判断を後悔することがなかった。いつまでも引きずって、恨みごとを言う愚かな妻とは大違いである。

一度、なぜそんな簡単に決断ができるのか聞いたことがある。

「自分の心と直感に従うのみだ。考え過ぎるとろくなことはない」

それでも迷ったときはどうすればいいのか尋ねると、戦国武将小早川隆景の言葉を口にした。

――分別の肝要は仁愛なり。

物事を判断するときは、仁愛すなわち情けを念頭に置いておけば間違いはない、とでもいった意味だろうか。

小早川隆景は、西国の雄として重きをなした毛利家をささえた智将《ちしょう》である。天文2年（1533）の生まれだから、直江兼続よりも27歳年上になる。そんなほぼ同時代の乱世を生きたふたりの武将が、一人は兜《かぶと》の前立に愛の一文字をかかげ、もう一人は判断の基準として仁愛という言葉を挙げているのがおもしろい。

話はそれるが、火坂は小早川水軍の将、浦宗勝を主人公にした小説を書きたいと考えていて、隆景の居城があった備後三原にも取材に行っていた。

それはともかく、夫婦のあいだではつねに火坂が舵《かじ》取りをしていたため、あとに残されたとき、私は自分が何も決断できない人間になっていることに気づいて愕然《がくぜん》とした。

人生は選択の連続である。無防備で世の中に放り出された瞬間から、葬儀の段取り、仕事の後始末、今後の身の振り方まで、当たり前の話だがいっさいをみずから決めていかなければならない。呑気《のんき》にすべてをつれ合いにまかせ、考えることを怠ってきたツケがいっぺんに押し寄せてきた格好だった。

じつを言えば、この新潟日報の連載をお引き受けするにあたっても、裏方に過ぎない人間がおもてに出るべきではないのでは、とずいぶん悩んだ。そんなとき背中を押してくれたのが、

（愛だよ、愛……）

耳もとでささやきかけるような火坂の声だった。歴史小説への愛、ふるさとへの愛、懐かしい人たちへの愛、そうしたものを故人の代わりに伝えたくて私は筆を執ったのかもしれない。

北条五代　絶筆を継ぎ、完成させてくれた人

『北条五代（上・下）』は、火坂の絶筆となった作品のひとつである。連載休止となった時点で、五代にわたって関東に覇をとなえた小田原北条氏の話は、三代氏康の幼少期までしか進んでおらず、病床にあった本人も、

「これは未完になってしまうのかもしれない」

と、めずらしく弱音を吐いた。

その火坂の思いを引き継ぎ、中途半端だった作品を壮大な物語に完成させてくださったのが小説家の伊東潤さんだった。伊東さんによれば、火坂と顔を合わせたのはたった一度きり、パーティーか何かの席上だったらしい。

担当編集者を通じて、『北条五代』を書き継ぎたいというご意向をうかがったとき、そんな厄介な仕事を、第一線で活躍されている現役の作家さんにお願いしていいのかどうか、正直、戸惑いを感じた。一編の長編歴史小説を異なる作家が書き継いで

完成させたという例は、あまり聞いたことがない。

後日、編集者とともに伊東さんがわざわざ我が家に足を運ばれ、じかに思いを語ってくださった。のちに朝日新聞出版から刊行された『北条五代』の巻末の文章に、こう書いておられる。

――私もいつかは死を迎える。おそらくその時、自分の歩んできた足跡を振り返り、充足感に包まれているはずだ。だが、一つだけ不安がある。それは、途中まで書いていた作品が日の目を見ずに埋もれてしまうことだ。

歴史小説を愛する同朋として、伊東さんは志なかばでゴールに辿《たど》り着けなかった火坂の思いに共感してくださった。

前項で、物事を判断するときは〝仁愛〟を念頭に置いておけば間違いがない、という火坂の考えを紹介させていただいた。

仁愛すなわち人の情け、万難を排して火坂の仕事を引き継ごうと申し出てくださった伊東潤さんの真剣なまなざしには、まさしく武士の情けが宿っていたように感じた。決断力のない私が、お願いしますと即答できたのは、伊東さんの男気に胸が熱くなったからにほかならない。

かつて、小田原の町を散歩していたとき、

「北条氏はどこへ消えてしまったのだろう」

と話したことがあった。いまでこそ大河ドラマ化運動が盛り上がっているが、初代早雲以来、民政に心を砕いてきた北条氏の影は驚くほど地元で薄い。五代にわたって築き上げた彼らの叡智《えいち》は、本当に滅びてしまったのか。

さまざま考えたすえに火坂が導き出した結論は、おそらく伊東さんのお考えとも重なるのではないだろうか。小説のラストの数行を読んだとき、それを実感して不覚にも涙が止まらなくなった。思いを継いでくださった伊東さんに、あらためてお礼を申し上げたい。

夫婦の形

いつまでも肩を並べ寄り添っていたかった

学生時代からの習慣で、私たちはいつも腕を組んで歩いていた。いい年をした夫婦が手をつないだりするのは、住まいのある小さな町ではちょっと珍しいようで、

「仲がいいですね」

近所の人から言われたものである。2人とも、とくに仲が良いという意識はなく、何となくそうしていたに過ぎない。火坂が健在であれば、80歳になっても90歳になっても肩を並べて寄り添っていただろう。

歩きながらでも、外で食事をしながらでも、よく話をした。たいていは火坂のほうが、小説の構想とか、編集者の噂話《うわさ》とかを一方的に喋《しゃべ》りまくり、こちらはもっぱら聞き役にまわって相槌《あいづち》を打つことが多かった。おもしろい話を思いついたりすると、蕎麦《そば》屋の箸袋や喫茶店のコースターの裏側に、何ごとかつぶやきながらボールペンで走り書きをした。

隣の席で静かに食事をされていた上品なご夫婦の目には、なんと騒々しい連中かと迷惑に映っていたはずである。

徳川家康など一部の例外をのぞき、火坂の小説には妻を大事にした主人公が多い。夫唱婦随の直江兼続はむろんのこと、『虎の城（上・下）』（角川文庫）で描いた初代津藩主の藤堂高虎も、没落した名門一色家の姫と生涯連れ添った。妻に薄き者、恐らくは薄からざるところなし（妻に薄情な者は、すべてにおいて情が欠けているだろう）という言葉からも、高虎の愛妻家ぶりがうかがえる。

戦国の夫婦といえば、後北条氏4代目氏政とその夫人の墓をおとずれたとき、私たちは言葉にできない衝撃を受けた。並んで建ってはいるが、夫人の墓のほうが立派で、氏政とその弟氏照の五輪塔はこれが名の知れた武将の墓かと思うほど小さくみすぼらしい。

北条氏政夫人の黄梅院は、武田信玄の娘である。同盟のあかしとして嫁いだものの、のちに信玄の駿河侵攻によって手切れとなり、実家の甲斐へ返されて27歳の若さで亡くなっている。現在、小田原駅前の路地裏にひっそりたたずむ墓は、氏政が心ならずも離別した妻をしのんで建てたものと思われる。

妻の死から21年後、小田原城は豊臣軍の包囲を受け、氏政は自刃して果てた。墓がみすぼらしいのは、敗軍の将の哀《かな》しさである。

夫婦にはさまざまな形がある。何が幸せで、何が不幸せなのか、他人にはわからない。

「形はどうあれ、死して魂《こころ》が寄り添ったのだから、それは悪いことではないのかもしれない」

帰りに立ち寄った居酒屋で、火坂はいつになくしんみりと酒杯を干した。

小鍋と炊込みご飯

秋からの味。食事を書いた手帳より

夏はおかゆ、という話を少し前にさせていただいた。それなら、ほかの季節は何を食べていたのだろうと考えてみた。

人の記憶はいいかげんなもので、最近は二、三日前に食べたものすら忘れてしまうことが多い。その点、火坂はじつに筆まめで、２０００年の2月から入院する直前の２０１４年9月まで、日々の食事をしるした手帳を残している。

――秋になるとおかゆシーズンが終わり、炊込みご飯がうまくなる。炊込みご飯は新光堂の銅の釜を使うと、どんなやつもおいしく炊ける。固形燃料一個で、おこげのある極上の味になる。

これにある新光堂というのは、燕市にある銅製品のメーカーのことらしい。火坂は卓上用の釜とか、一人用の小鍋とか、こちらの銅製品を愛用していて、通販でしばしば購入していた。

基本的に厨房《ちゅうぼう》には入らない人間であったが、こと炊込みご飯に関しては、米の種類や水加減、具材選びにもうるさく口を出した。

松茸ご飯、ぎんなんご飯、干し海老ご飯、いちばんの好みは、やはり鶏肉やしいたけ、人参などを入れた五目炊込みご飯だったろうか。一個分の固形燃料が燃え尽きて、ご飯がほどよく蒸れるのを待つあいだ、鮭の酒浸しやイカの塩辛をつまみに、ゆっくりと熱燗《あつかん》を楽しんだ。

小鍋のほうも固形燃料を使い、揺れる炎を眺めながらしみじみと味わう。手帳に〝小鍋の王者〟と書いているのは、鮑《あわび》と焼豆腐の鍋である。

――鮑のダシが焼豆腐にしみて、淡白な豆腐が鮑になってしまう。菜は水菜があう。砂糖は控えめにするか、入れないほうがいいかもしれない。薬味は生七味のこと。

生七味とは何だったか調べたら、乾燥ではない生の七味が販売されているようだ。私の記憶では、鮑は高価なので、地元の魚屋で売っている鮑に形がよく似たトコブシを鍋に入れていた。

鰻《うなぎ》の蒲焼きを使い、青ネギ、ごぼう、豆腐を入れる鰻鍋《うなべ》も、疲れたときによくやった。これは、北近江に鰻のすき焼きというものがあるのを知ってはじめた鍋である。すき焼きと同様、卵につけて食べた。

秋から冬にかけて京都を旅すると、昼は祇園花見小路の釜めし屋、夜は老舗のすっぽん鍋を食べ歩くのが、火坂のお決まりのコースになっていた。つかの間、多忙な日々を忘れ、好物に舌鼓を打つ。何ものにも代えがたい、至福の時間だったにちがいない。

上／三国のカニ
左／すっぽん料理の老舗「大市」にて

運命の一日　地域の声が「大河」へ導いた

早いもので大河ドラマ「天地人」放映から、15年以上の歳月が流れた。もうそんなに経《た》ってしまったのかという思いと、あの頃の興奮の残り火が胸のうちで交錯している。小説と映像は別物と割り切ってはいるが、原作者の火坂に何があったのか、身近な者の立場から、この機会にもう一度振り返っておきたくなった。

火坂は学生の頃から武将直江兼続を小説に描きたいと思っていたが、作家になっても発表の場がないまま、時間ばかりがいたずらに過ぎていった。

転機となったのはやはり、新潟、山形、福島の3県にまたがる「直江兼続公をNHK大河ドラマに推進する会」の皆さんとの出会いであったと思う。会の方々の熱意に後押しされるように、全国13の地方新聞で小説の連載がはじまった。

むろん、当時からドラマ化が本当に実現すると思っていたわけではない。作家としての火坂は世に名を知られていたわけではなく、直江兼続も戦国武将のなかではまだまだメジャーな存在とは言いがたかった。

それでも推進する会の方々は粘り強く活動を続けておられ、火坂は火坂で未踏の高い山に挑むように主人公の兼続と一体となって道なき道をのぼった。

連載中、新潟県は大きな災害に見舞われた。２００４年10月23日に起きた中越地震である。

たまたま前日の同時刻、新潟から東京へ向かう新幹線に乗車していたこともあって、火坂は強いショックを受けた。被災された皆さんが大変なときに、悠長に小説など書いていていいのか、もっとほかに地元を励ます手立てはないのかと悩みに悩んだ。だが、結局、作家に出来るのは物語をつむぐことしかない。

紆余《うよ》曲折を経て、『天地人』の初版本が刊行されたのは、２００６年の９月。売れ行きは順調だったが、それでドラマ化が実現するという保証はどこにもなかった。

火坂が初めてＮＨＫのプロデューサー氏と対面したのは、その翌年４月下旬のことだった。これは候補を絞るために話を聞かれるのだと思い、緊張しながら渋谷の喫茶店に出向いていった。兼続がいかに魅力的な男であるか、そこで必死の熱弁を振るったそうである。しかし、否定的な質問ばかりされるので、『天地人』は大河ドラマの候補のひとつなのかと、おそるおそる聞いてみた。

「いや、候補ではありません。あなたの原作が2009年度の大河に決定しました」

1週間後、正式な記者発表がなされた。まさに、小さな民の声の積み重ねが大きな山を動かした運命の一日であった。

人の和 ドラマ制作において、決めていた2つのこと

『天地人』の大河ドラマ化が決定した直後、火坂の心境はどんなものだったのか。さぞや浮かれていたと思われるかもしれないが、それはまったく逆だった。地元の期待や責任を一人で背負いこんだように、眉間の皺《しわ》が深くなり、厳しい顔つきがますます厳しくなった。

火坂は決意を告げた。

「原作者として、二つのことだけみずからに課していこう」

第一は、ドラマ制作の現場に余計な口を出さないこと。〝雪国の心を描く〟という芯さえ外さなければ、何をどうしていただいても結構。この物語は、「天の時、地の利、人の和」を中心に据えるものだから、人の和を乱すことがあってはならない。小説とテレビの楽しませかたは違うので、思う存分に面白くしてくださいと、脚本家の小松江里子さんに言ったそうである。

そして第二に、口は出さない代わりに、応援団として少し離れたところから現場を盛り上げていこうと心に決めた。講演会やサイン会、イベントなどの依頼があれば、よほどのことがないかぎり、北海道から九州までどこへでも足を運んだ。ドラマの放映年には、講演会だけで115回、それと並行して小説の執筆も以前と変わらずにつづけていたわけだから、いま考えればよく頑張ったものである。書斎が新幹線になったのも、この頃のことだろう。

講演会が終わって帰宅すると、夜の9時から10時頃に、チーフプロデューサーの内藤愼介さんからよく電話がかかってきた。疑問点の確認や、ドラマの感想をもとめられることもあったと思う。じつを言えば、火坂がリアルタイムでドラマを見ていたのは最初の3、4回までで、多忙のために全話通して視聴することができなかった。

「老後の楽しみに取っておくさ」

NHKから送られてきた脚本とDVDは、書斎の片隅に宝物のように眠っている。火坂も私も〝老後〟が当然のごとくやって来ると信じていたから、いまとなっては暇を見つけて楽しんでおかなかったことが悔やまれる。

現場の制作スタッフ、演じた俳優の皆さんも、火坂が大事にした雪国の心をあますところなく表現してくださったと思う。

当時、山形新幹線の車中で、俳優のあき竹城《たけじょう》さんに何度かお会いした。火坂が途中の福島で下車することがあると、わざわざ降車口まで出ていらして、

「先生、いってらっしゃいませ」

と、ドラマの侍女役そのままに頭を下げて見送ってくれたのが、心に残る思い出である。

高田の雪　生涯の愛読書『北越雪譜』

雪国生まれなのに、寒さが大の苦手だった。

「沈鬱《ちんうつ》な鉛色の空から逃れるように東京へ出てきた」

若い頃、火坂はおりに触れてそう言っていた。それでは雪国にまったく背を向けてしまったのかというと、心の奥深いところではいつも遠い山のかなたを意識していた。

「雪を見る旅に出ようか」

と言い出したのは、いつのことだったろう。正月の新潟市への帰省のたびに見ているのに、と首をかしげると、

「暖かい地方に暮らす者にはわからないだろうが、雪の姿はひとつではない」

と一冊の本を渡された。江戸時代の越後塩沢に生まれた鈴木牧之《ぼくし》があらわした、『北越雪譜《ほくえつせっぷ》』である。

同書には雪の諸相、雪国の風俗、人々の暮らしぶりが、挿絵付きでことこまかにしるされている。妻有庄《つまりのしょう》では積もった雪が合計で18丈（約54メートル）を越えたとか、雪中の洪水とか、雪のなかで燃える火があるとか、興味深い話ばかりである。学生時代の火坂は、北越雪譜に載っている熊が人を助けたという話をもとに「妻有の里」という習作を書いている。生涯の愛読書だったと言っていい。

数日降りつづいた大雪がやんだ1月下旬、私たちは上越市の高田をおとずれた。行き先を高田にしたのは、雪景色の高田城址《じょうし》と雁木《がんぎ》の町並みが見たかったからである。

地元の方には笑われそうだが、私は道路が綺麗《きれい》に除雪され、人々がごく普通に通勤通学していることに驚いた。それでいて、道の両側には見上げるほどの雪が積み上げられている。東京だったら、都市機能が麻痺《まひ》して大変な騒ぎになるところだ。鈴木牧之も書いているが、暖国の人は雪を愛《め》で、雪見などをして風流な娯楽とする。だが、雪国の人にとってそれは重荷でしかない。

「生きるための知恵だね」

雪道に慣れない私を尻目に、すいすいと前を歩く火坂が感心したように雁木を見上げた。

残念だったのは、目当ての高田城址が深い雪に埋もれて、三重櫓《やぐら》に入れなかったことだ。

寺の軒から滑り落ちてきた雪塊《せっかい》に直撃されそうになって肝を冷やしたのも、生まれてはじめての経験だった。

途中、立ち寄った小林古径邸の座敷で、火坂はちらほらと白いものが舞いはじめた北の空をしばらく眺めていた。しんしんと膝元から這《は》い上がる寒さのなか、あらためて雪と向き合う小説を書きたいと決意を固めていたのだろう。

竜虎の夢

決めていた冒頭の一行

当初の構想では、『天地人』は義に生きた雪国の3人の武将たちの物語になるはずだった。「天の巻」が上杉謙信、「地の巻」が直江兼続、「人の巻」が真田幸村という形を火坂は考えていたのである。

しかし、それぞれの生きざまを一巻で描き切ることは無理だと気づき、最初に取り組んだ直江兼続の物語が『天地人』になったという経緯がある。

その後、真田幸村を『真田三代』で描き、残すは兼続、幸村の義の師匠筋にあたる上杉謙信に取りかかるばかりになっていた。

そもそも天地人とは、『北越軍談　謙信公語類』にある、

「輝虎公の曰《いわ》く。天の時、地の利に叶《かな》い、人の和ともに整いたる大将というは、和漢両朝上古にだも聞こえず」

という上杉謙信の言葉に由来している。その義の思想の大元《おおもと》とも言える存在の小

説化を最後に取っておいたのは、それだけ謙信を敬愛し、人物造形にじっくりと手間暇をかけたかったからだと思う。

長編小説を書き出すとき、火坂は大量の史料を読み込み、現地取材をおこない、それをもとにオリジナルの人物年表と周辺の歴史地図を作製するのを慣例としていた。ところが、新聞紙上での連載開始が決まり、いざ謙信に取りかかろうとした矢先、火坂自身が病に倒れてしまった。ちょうど前の連載が終わった直後だったために、年表と地図もまだ白紙の状態であった。

あとに残されているのは、

――竜虎の夢

と書かれた小説の表題だけである。

タイトルからして、越後の竜と呼ばれた謙信、好敵手であった甲斐の虎こと武田信玄、2人の英傑の乱世の夢を対比しながら描こうとしていたのであろう。

――その空は青かった。

竜虎の夢で、火坂が冒頭に書こうとしていた一行である。その空とは、越後から国境の峠を越えた平野に広がる、突き抜けるような冬の青空のことだろう。幾たびかの関東遠征で謙信の眸《ひとみ》に映ったであろう空を、火坂も同じ雪国人の視線で見ていた。

入院中、再起を期していた火坂は、口述で私にメモを取らせている。「栃尾の景色」「薄荷」「守門岳の行者」「日本海の経済力」「金銀山」「謙信、米、魚」「信玄、粉食、馬肉」「信長、伊勢湾と日本海海運結ぶ」等々、思いつくままに気になる言葉を並べた。

それらの断片が組み合わせられたとき、どんな世界が広がっていったのか、想像するのは楽しくもあり少し切なくもある。

常在戦場

格好よく生きた男たちの背中

ずっと以前のことである。私たちの住まいの隣町にあった洋食店で、大先輩作家の城山三郎氏をお見かけしたことがある。火坂は氏の小説の愛読者であったが、当時はデビュー間もない若輩者の身で、とても声をおかけするなどできなかった。奥様とおぼしき女性をエスコートして、城山氏が会計をすませておられると、

「格好いいなあ。僕もいつか、あんな背中の男になりたい」

憧れのまなざしで後ろ姿を見送っていた。たしかに氏の立ち姿は凜《りん》として、どこか古武士のごとき風格を漂わせていた。それから数々の小説を書いてきたが、火坂がいつも追いかけ、描こうとしていたのは、格好いい男の後ろ姿、いや人間たちの背中だったような気がする。

上杉謙信の小説を書き上げることができたら、次に何をめざしていたのだろうか。

「そろそろ戦国から幕末へ行きませんか」

そう助言してくれたのは、長い付き合いの編集者Y君だった。戦国時代に飽きていたわけではないが、ちょうど火坂の興味も、日本の歴史が大きく変革する幕末維新に向けられはじめていた。

打ち合わせのうえ、坂本龍馬とともに京都の近江屋で凶刃に斃《たお》れた土佐藩の中岡慎太郎を書くことになり、掲載誌まで決まっていたように思う。

Y君に提案される前から、火坂は幕末、越後長岡藩に生きた男たちの群像を描きたいと心ひそかに考えていた。まずは中岡慎太郎で新しい道を拓《ひら》き、やがては自身も青春の一時期を過ごした長岡の歴史に切り込んでいくつもりだったのだろう。

長岡藩の藩是は、

――常在戦場

だそうである。火坂は長岡藩初代藩主牧野忠成を題材に、『常在戦場』という短編を書いている。作品のなかで、常在戦場の意味を、たとえ合戦場で華々しく武功を挙げることができなくとも、

「手柄は人生のどこにでも落ちている」

と解釈していた。

戊辰戦争と太平洋戦争、二度の大きな戦火によって長岡の町は灰燼《かいじん》に帰したが、そこにはかつて河井継之助、三島億二郎、小林虎三郎ら、それぞれの信念をつらぬいて格好よく生きた男たちがいた――と、そんな小説を書きたかったのではないかと勝手に思っている。

夫婦で長岡の町を何度か歩いた。

南北に信濃川が流れ、周囲を取り巻く山並みが美しい。駅前を中心に町は発展しているが、度重なる戦火のためか、城下街らしい風情《ふぜい》を感じることは難しかった。

「本当に当時の面影が何もないだろう。だけどね、ここに」

火坂は自分の胸をたたき、

「受け継がれてゆく精神《もの》がある」

彫り刻むように言ったひとことは、何年たっても耳の底に残っている。

梅匂う 別れの日までの日課

火坂に遺言はない。

容体が急変して、5、6時間がかりの緊急手術を受けたあと、ひと月近く意識がもどらぬまま旅立ってしまった。

最後の言葉といえば、手術室へ運ばれる途中で私の手を握りながら言った、

「これ、何の手術」

というひとことだった。

手術後、集中治療室に移されてから、毎日欠かさず病床に通った。もともと人一倍淋《さび》しがり屋で、真夜中であろうが、帰りのバスの車中であろうが、病室から何度も何度も電話をかけてきたような人である。

「眠っているようでも声は聞こえていますから、話しかけてあげてくださいね」

看護師さんに言われて、日々の出来事を枕元で話すのが、別れの日までの日課と

なっていた。

「裏庭にフキノトウが顔を出したよ」

「今年の花見の会には、どんな料理を用意すればいいかな」

「釣りの帰りに立ち寄った大磯の地福寺に、梅が咲きはじめる頃だね。退院したら、また釣り竿《ざお》をかついで花の匂いに包まれに行きましょう」

などなど、近づく春の足音を感じさせるように語りかけつづけた。梅の話をしたとき、閉じていた瞼《まぶた》にうっすらと涙がにじんだような気がした。

以前にも書いたが、火坂の墓は神奈川県平塚市豊田打間木の慈眼寺にある。2月26日の命日には、火坂をしのぶ酒椿忌《しゅちんき》がおこなわれる。どなたでも自由参加で、近くの墓所に眠る明治の美食作家村井弦斎ともども、ご住職の新美徳芳老師が供養の経をあげてくださることになっている。

淋しがり屋で賑《にぎ》やかなことが好きだった故人の喜ぶ顔が目に浮かぶようである。

昨年、所用で上京した火坂の弟が墓参りに立ち寄り、

「墓前に新潟の酒が何本も供えられていて、とても驚いた」

と報告してくれた。仲のいい呑《の》み友達か、故人の酒好きを知るどなたかが、香華《こうげ》

の代わりに手向けてくださったのだろう。

どんな人にも別れのときは必ずやってくる。別れたのちも、作品という形で読者の心に生きつづけることができれば、きっと亡き人も本望であるにちがいない。

神奈川県大磯町　地福寺の梅

感謝　亡き人に代わり心から…

火坂のことを2年にわたり書きつづってきた。

出会ってからの38年間、ほとんど離れることなく身近にいた。小説家というインドアな職業柄、普通の夫婦よりも一緒にいる時間が長かったと思う。よく喋《しゃべ》り、よく喧嘩《けんか》し、ともに泣き笑い、同じものを見つめてきた。

結婚生活も10年、20年目を過ぎる頃からは、言葉にしなくても相手の考えが何でもわかっている、と思い込むようになっていた。だが、はたして本当にそうだったのだろうか。

「おい、それはちょっと違うよ」

危なっかしい女房の文章を見守っていた本人から、異論を唱えられる部分があったかもしれない。

時々、火坂が読者の方から、

「この作品に描かれているのは、実際にあったことなんですか」

と聞かれて、困惑していたのを覚えている。歴史小説家を名乗る者として、もちろん残された史料を検証することは何よりも大事にしていた。

その一方で、尊敬する永井路子さんから、

「勝者が作った歴史書なんて嘘《うそ》だらけよ。裏側にある真実を読み取りなさい」

との教えも受けていた。

現代ですら、政治家の言葉や公文書が正しくないことがある。ましてや遠い過去にあった出来事を、〝事実〟と言い切ることは難しい。

小説に書いたことが、たとえ史料からかけ離れていたとしても、それは自身の目を信じ、直感に従った火坂の真実だった。だから、というわけではないが、私がこれまで積み重ねてきた話のひとつひとつも、たとえ生きている者の一方的な思いであるにせよ、これからも大事にしていきたい夫婦の歴史の真実なのである。

大河ドラマ『天地人』の撮了記念パーティーのあと、火坂は酔った勢いで、

――ほんとうにありがとう

と色紙に書いた。

ドラマが無事完結したことへの感謝、熱演してくれた俳優さんたちへの感謝、愛

をもって応援してくれた地元の方々への感謝、売れない時代から陰でささえつづけてくれた知人、編集者さんたちへの感謝、そして表現の場を与えてくれた小説の神様への感謝、さまざまな思いがそこには込められていた。

火坂にかかわったすべての皆様へ、亡き人に代わって心からお礼を申し上げたい。

ご愛読、ありがとうございました。

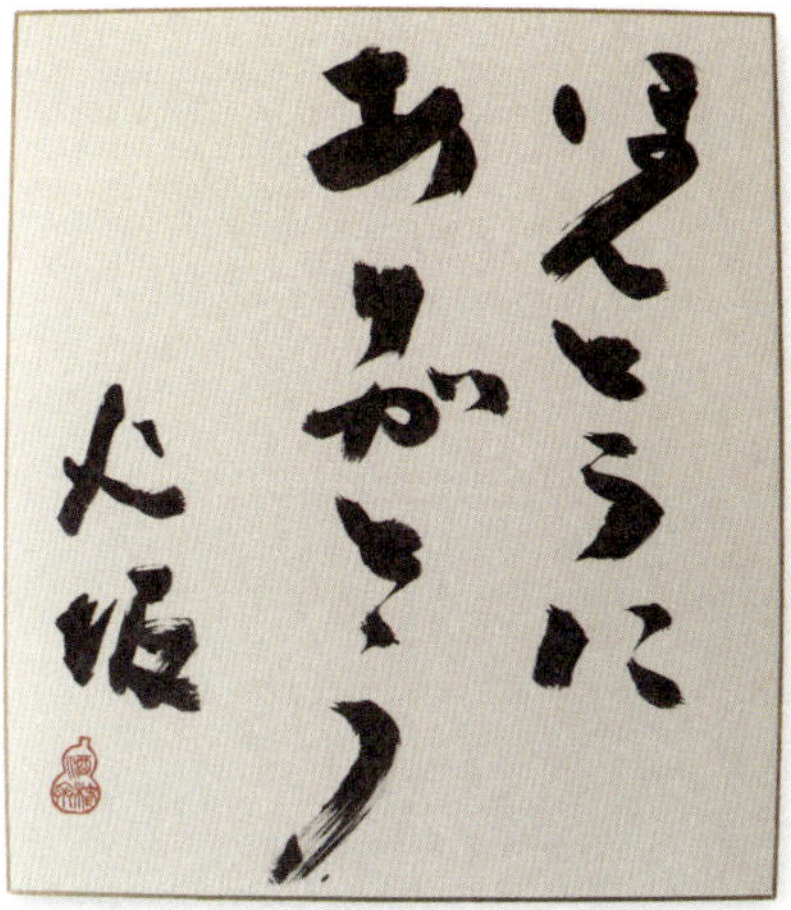
ほんとうに
ありがとう

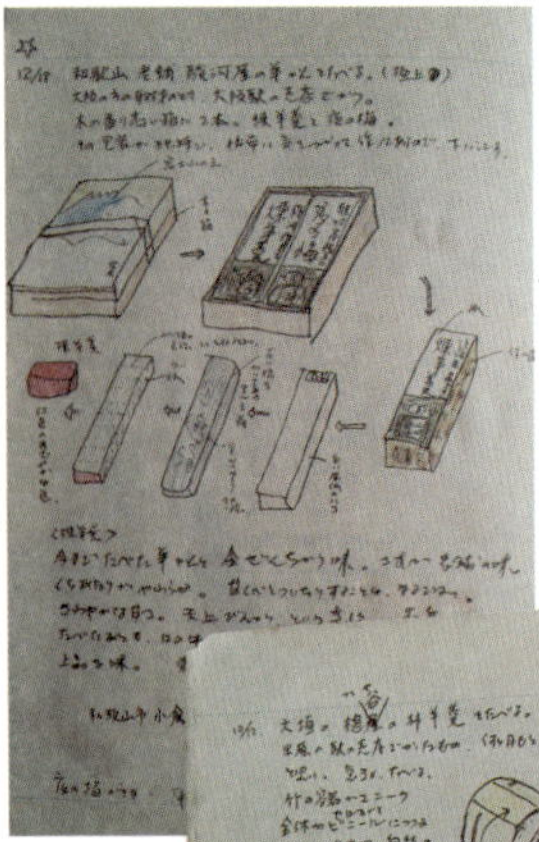

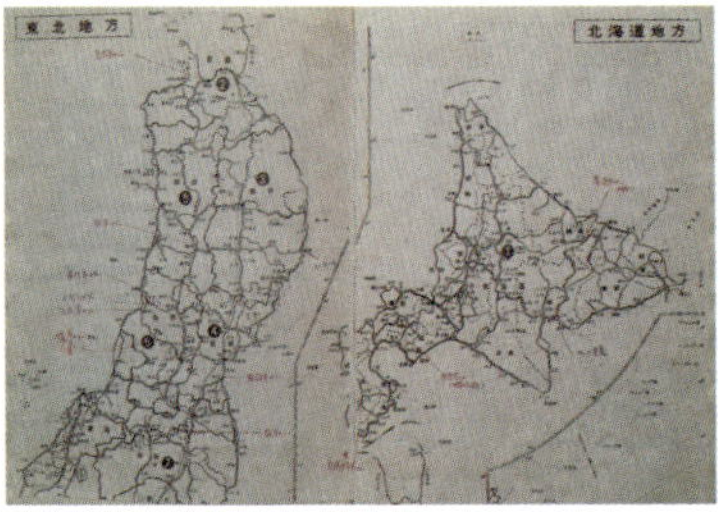

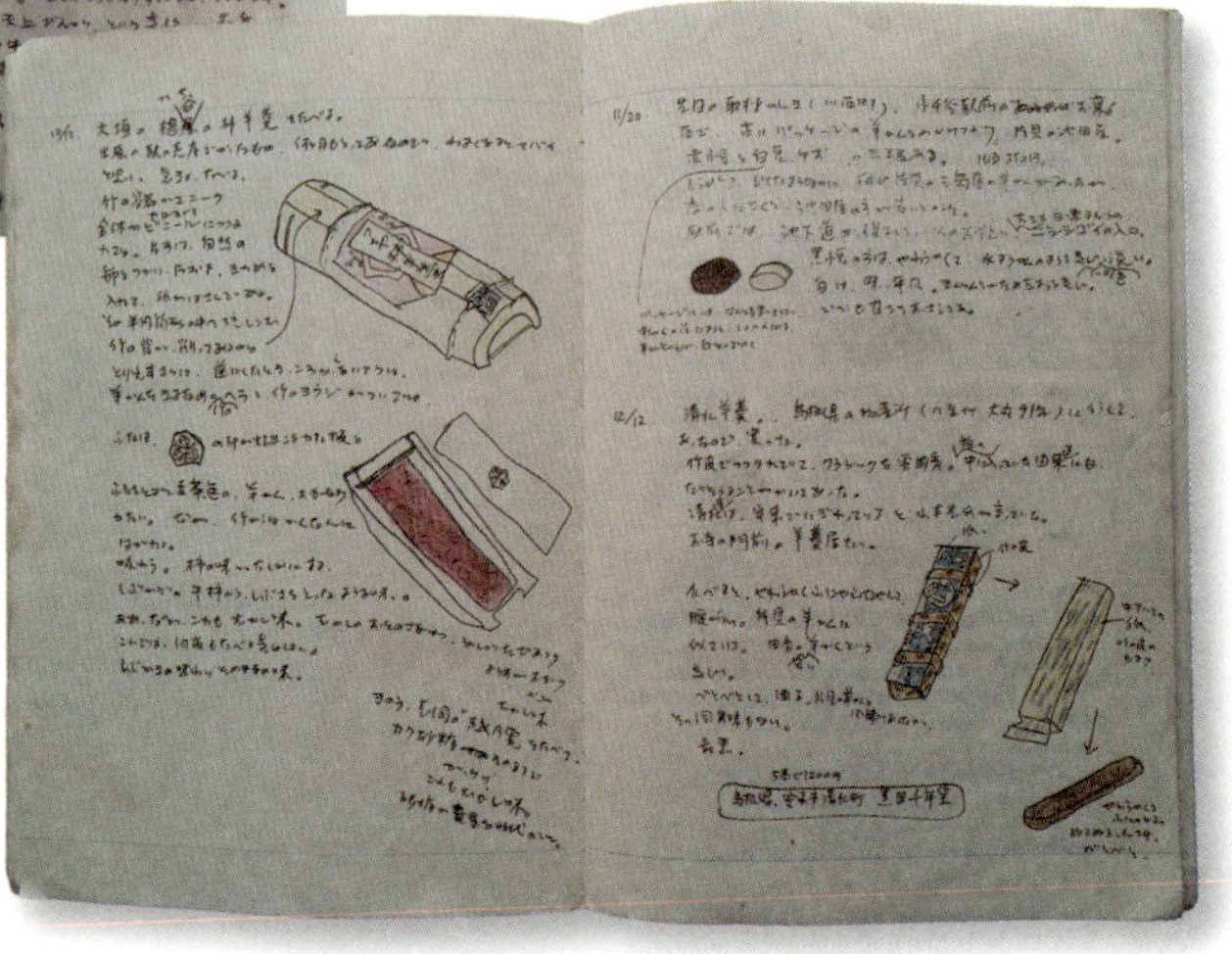

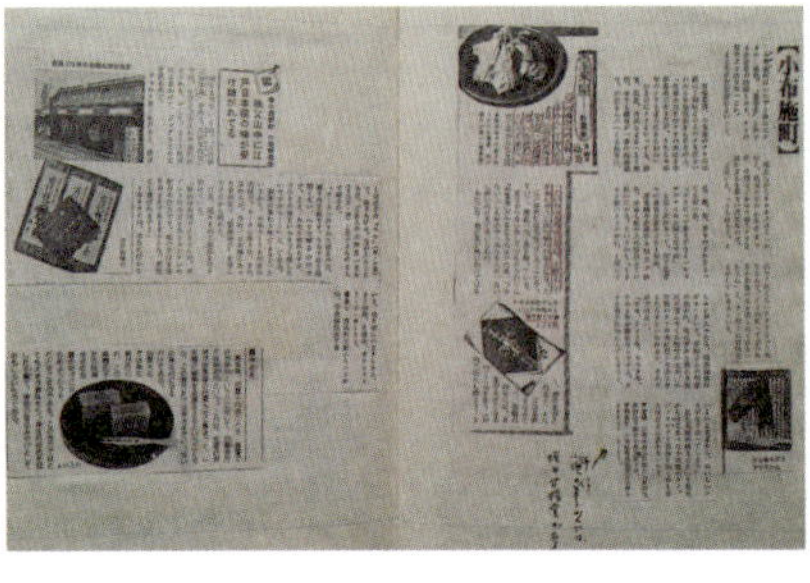

「羊羹研究」と題されたノート

独身時代の新潟の
実家をスケッチ

安国寺恵瓊《あんこくじえけい》を
調べるために
広島県の不動
院を取材中

ヴェネチアにて

しらびそ峠の
夕景

上越市の陶齋窯にて絵付け中

平塚の村井弦斎公園で
『美食探偵』サイン会

真鶴の桜は東京よりも開花が遅い

裏庭のレモン

海揚がりの酒杯

新潟の小林古径邸にて

第二部

人生の愉しみ

未収録作品集

火坂雅志

私のデビュー作

突然、電話があった。

「あの小説、長編にしてみませんか」

電話のぬしは、講談社のIさんであった。

「あの小説……」

私は、はたと考えてしまった。そのころ、私はただのサラリーマンで、講談社の編集者氏とは一面識もなかった。

「あれですよ。二年前、新人賞に応募したでしょう」

と、Iさんに言われて、私はようやく思い出した。

じつは、講談社の小説現代新人賞に、たった一度だけ応募したことがあった。「花月伝」というタイトルの、歌人の西行を主人公にした短編小説である。三次選考あたりまで残ったが、最終選考には洩れ、それきり忘れ去っていた。

とにかく一度、会って話をしようということになり、講談社へ出かけていった。

Iさんは温厚な方であった。

「和歌と拳法を結びつけるという、発想がおもしろいですよ。長編にして、ぜひとも出版しましょう」

その言葉を聞いて、暗く退屈なサラリーマン生活に一筋の光が射したような気がした。それから一年、通勤電車のなかでも、ハンバーガーショップの店内でも、暇を見つけては必死に書きつづけ、ようやく完成したときには、

（もう死んでもいい……）

と思うほど嬉しかった。

それが、私のデビュー作となった『花月秘拳行』である。

桜の花と月をこよなく愛した西行は、「花と月」の歌人といわれる。タイトルはそこからとった。

この小説のなかで、私はふたつの仮説を展開した。

ひとつは、西行が拳法に似た格闘技の一種、〝早業〟を身につけていたこと。もうひとつは、西行がたずね歩いたみちのくの歌枕が、じつは、まつろわぬ民であった蝦夷たちの聖地であったという衝撃の事実。西行は北へ旅するうちに、みやびやかな歌枕の影に隠された、血塗られた日本史の闇に足を踏み入れていくのである。

この大胆な新説がめずらしかったのかどうかわからないが、プロの作家として独り立ちすることができた。

時代考証余話

先日、某文芸誌の編集者と話していて、

「うちの雑誌は、今までどちらかというと、時代考証のしっかりした固めの時代小説ばかり載せてきたんですが、こんど、時代考証は多少いいかげんでも面白いものを載せていこうということになり、火坂さんにお願いに来ました」

と、言われた。

私は一瞬、あぜんとした。というのも、私はけっして時代考証をいいかげんにしている覚えはないからである。いや、むしろ、自分なりに時代考証には人一倍気を使っているつもりなのだ。

小説に描く服装も食べ物も、作品の舞台となる時代や土地柄に合わせ、綿密に調べて書いてきた。もっとも、あつかう時代が平安から幕末と、幅が広いため、多少おかしなところも出てくるだろうが、とにかく、できるだけ時代の雰囲気を出そうと、まじめに原史料を読むようつとめている。にもかかわらず、いいかげんな時代考証しかしていないように思われるのは、いったいなぜなのか。

ようは、私が時代の雰囲気を伝えることにいまだ熟達しておらず、読み手にうまく伝わっていないということかも知れない。とすれば、職業作家としておおいに反省しなければならないということだろうが、じつは、原因はほかにもあるような気がする。

私の書く作品は、どちらかと言えば伝奇色が強い。ストーリーが奇想天外、荒唐無稽になりがちだ。ゆえに、どんなにまじめに時代考証をしても、いいかげんに見えてしまうのではないだろうか。

もっとも、それは私にも責任がある。私はときどき、時代考証の常識を打ち破ることに楽しみを見いだしているからだ。

処女作の『花月秘拳行』の場合もそうである。

作品の主人公は、平安時代の歌人、西行法師。その西行が秘伝の拳法を使って闘いながら、みちのくの歌枕の謎を探る物語だ。

このストーリーを聞いて、ほとんどの方が首をひねられるであろう。

歌人の西行が拳法などを使うものか、そもそも、拳法のごとき素手の格闘技が、平安時代の末にあったのか――疑問は当然である。

わが国の素手の格闘技は、戦国時代の美作の土豪、竹内久盛が編み出した竹内流柔術にはじまるというのが、古武道史の通説である。小男であった竹内久盛は、戦場で太刀を振りまわす猛者たちに対抗するために、素早い動きで敵を仕留める短刀術、及び柔術を考案したとされる。

だが、それ以前、わが国に素手《すで》の格闘技が、ほんとうになかったのだろうか。

疑問に思い、中世の史料をあたってみると、これが数々出てくるではないか。

たとえば、鎌倉幕府の公式文書『吾妻鏡』には、幕府の侍所で武士どうしが争ったさい、そばに居合わせた御家人の畠山重忠が、刀を抜いた武士の腕をつかみ、関節を逆にねじ上げて取り押さえたという記録がある。腕をつかんで関節を逆にねじ上げた、というのは、柔術の関節技以外の何物でもなかろう。

そもそも鎌倉時代の武者たちは、刀で斬りあったあと、組んずほぐれつの組み討ちになるケースが多かったから、むしろ素手の格闘技を工夫しなかったというほうがおかしいのである。

武士が工夫した素手の格闘技の話は、『保元物語』にもみえる。

剛勇で知られる鎮西八郎源為朝の郎等に、「金拳《かねこぶし》ノ八平二」「手取《てとり》ノ与次」という人物がいる。

前後の文脈をみると、金拳、手取とも苗字ではなく、その人物の得意技をあらわしていることは明らかだ。とすれば、金拳ノ八平二とは文字どおり、拳を鉄のごとく固く鍛え上げた空手家のような男、手取りの与次とは、手取（別名、取手《とりて》ともよばれる原柔術のこと）の使い手であることは容易に想像できよう。

さて、西行と武術である。

西行はもと鳥羽院の北面の武士で、出家してからも鎌倉将軍源頼朝に用兵について夜通し講じたほどの人物だから、武術の世界と無縁であったわけはない。

その西行が詠んだ謎の和歌に、次のようなものがある。

武者《もののふ》のならすすさびはおびただし
あけとのしさり鴨《かも》の入首《いりくび》（『山家集』）

武者が身につけている技はたくさんある。〝あけとのしさり〟〝鴨の入首〟などという技もある――現代語釈すれば、こんな意味になるであろうか。

この和歌に出てくる〝鴨の入首〟という言葉に、私はおどろいた。〝鴨の入首〟とは、竹内流柔術の代表的な技のひとつではないか。つまり、竹内流の技は、すでに西行の時代に存在していたことになる。竹内久盛は、古代以来連綿と伝えられてきた素手の格闘技を体系づけ、武道として確立したと考えるべきなのであろう。

というようなことを考証しながら『花月秘拳行』を書いたつもりだが、自分が言いたかったことを読者にどれほど分かってもらえたか、はなはだ心もとない。時代考証をしても、それはしばしば自己満足に終わることが多い。

時代考証など、ほんとうはどっちでもよいのかもしれない。時代考証がおもてに出てくるような小説に、ろくなものはあるまい。ひたすら物語を楽しんでもらえれば、書き手としては十分に幸せなのである。

時代を先取りした元祖湘南人——村井弦斎に学ぶ

湘南に住む人間は東京のほうを向いていない、海のほうを向いている——という。

そのとおりだと思う。東京にあるのは、無機的な都市文化、機能性を追いもとめる厳しいビジネス社会である。湘南人の多くは、そのような社会であくせく利益ばかりをもとめるより、陽光きらめく海を眺め、余裕ある生活をゆったり楽しもうとしている。

そうした湘南人の元祖ともいうべき男が、明治時代にいた——。

その名は、村井弦斎《げんさい》。

村井弦斎は、夏目漱石や国木田独歩らとほぼ同じ時期に活躍した大衆小説家である。もともとは「郵便報知新聞」の編集総理（編集局長）をつとめたジャーナリストであったが、そのかたわら小説を書くようになった。代表作は、本邦初のグルメ小説『食道楽《しょくどうらく》』である。

明治時代も後期になって人々の暮らしが安定し、もっといいものが食べたい、美味しいものが食べたいという国民的欲求が高まりつつあったとき、絶妙のタイミングで出されたのが弦斎の『食道楽』であった。

この小説は、主人公の大原青年と親友中川の妹、お登和《とわ》さんをめぐる物語のなかに、じつに六百種類をこえる料理のレシピが紹介され、当時としては斬新なハウツー本の走りのような作品でもあった。

娯楽性と実用性を同時に兼ねそなえた弦斎の本は売れに売れ、全四巻あわせて五十万部近い大ベストセラーとなった。

その『食道楽』によって得た印税で、弦斎は湘南の海をのぞむ平塚駅南の松林に、一万六千四百余坪の広大な土地を購入。みずからの作品を地でいく美食の殿堂を建てた。明治三十七年のことである。


湘南が保養地となるきっかけをつくったのは、もと陸軍軍医総監の松本順という医者である。明治十八年、松本順は健康増進を目的として、大磯海岸に日本初の海水浴場をひらいた。その後、明治二十年に国府津まで東海道線が延びたのをきっかけにして、伊藤博文、山県有朋、大隈重信ら、当時の政府要人たちが大磯の地に競うように別荘を建てるようになった。夏ともなれば、その賑わいは東京の銀座にもおとらぬと言われた。

『食道楽』のヒットで巨額の印税を手にした村井弦斎も、最初、大磯の地に家を建てようと考えた。しかし、リゾートブームで大磯の地価は高騰、彼の望みの田園生活を送る広々とした土地は手に入らなかった。

代わりに目をつけたのは、花水川をへだてた平塚の地だった。

当時の平塚は、人口約五千人、現在、人口二十六万人を数え、湘南の中核都市になっていることを考えれば、まさしく隔世の感がある。

ことに駅南の海岸方面は、杏雲堂病院分院のほか名士の別荘数軒と農家が十軒ほどあるきりで、あとは海へつづく松林ばかりがひろがっていた。雉やホオジロなどの野鳥も多く、野ウサギや猿も出没するという自然の豊かな場所だったという。地味の肥えた平塚の地は、果物や野菜がたいへん美味しいことでも有名だった。

弦斎は、この地こそ、自分の理想の田園生活を実現する場所だと思い、すぐに土地の購入を決定。横浜スタジアムが二つ半も入るほどの広大な土地だった。

その敷地のやや高台になった一角に、弦斎は母屋と別棟の子供部屋を建てた。母屋の二階からは海がよく見えた。ために、彼はその高台の地を潮見台と名づけている。

弦斎は、自宅の敷地内につくった菜園で、当時まだ珍しかった西洋野菜のアスパラガス、トマト、レタス、パセリ、アーティチョークなどを栽培。また苺《いちご》や葡萄、桃、栗、柿、イチジクを植えた果樹園をつくり、庭の一画にもうけた家畜小舎でニワトリやウサギ、ヤギを飼育し、食材を自給自足した。

これら新鮮な材料を使い、弦斎はお抱えのコックに毎日、新しい料理をつくらせて文字どおり美食三昧の生活を送った。

ときには、名料亭として知られる「八百善」の主人がやって来て江戸料理に腕をふるい、築地の「竹葉亭」の職人にウナギを焼かせた。森永製菓の創業者の森永太一郎氏が屋敷をおとずれ、欧米で習いおぼえた洋菓子のマシュマロを披露したこともあったという。

また、長崎のカラスミ、鹿児島のポンカン、京の蕎麦ほうる、故郷三河の八丁味噌、信州小布施の栗羊羹など、全国各地の名産品を取り寄せて賞味した。

こうした美食暮らしの一方、弦斎はよく釣りにも出た。馬入川《ばにゅう》で鮎釣りに興じるほか、大磯に自分の舟を持っており、それで沖へ出て、よく鯛釣りをした。真鯛や甘鯛が釣れると、活きのいい魚をすぐに料理させた。

弦斎邸には自慢の年中行事があった。毎年、五月下旬にもよおされた、

——苺会
である。

この会は、弦斎が編集顧問をしていた『婦人世界』の発売元、実業之日本社の社員をまねいておこなわれたもので、正装した紳士淑女が邸内の苺園で思い思いに熟した果実を摘み、季節の味を楽しんだ。

この苺会について、当時、実業之日本社発行の『日本少年』の記者をやっていた渋沢青花は、

次のように書いている。

「弦斎氏は、相州平塚海岸の近くに何千坪とかいう広大な土地を求めて、そのうち何百坪か、松林に囲まれた中に苺畑をつくっていた。

……(中略)……

まず一同が到着すると、山のように盛った苺が出され、お代わりは何杯でも。さてお庭を拝見と外に出ると、見る限りの苺畑に、ルビーのような赤い粒が目に痛いよう。いま、食べたばかりなのに、どうぞご自由に摘んで召し上がってください、とまた言われる」

まさに、南仏プロヴァンスならぬ湘南プロヴァンスとも称すべき、悠々自適の優雅な暮らしぶりであった。


こうした村井弦斎の美食生活を陰で支えていたのは、料理の達人としても知られた多嘉子《たかこ》夫人であった。

多嘉子夫人の父は、尾崎卯作といい、早稲田大学を創立した大隈重信のいとこにあたる。卯作自身、大の美食家であったため、娘の多嘉子もその影響を受けて、さまざまな料理の技を身につけたらしい。

弦斎の『食道楽』に出てくる料理上手の令嬢お登和さんは、この才色兼備の多嘉子夫人をモデルにしていたことは間違いない。

明治の男であり、自身ではほとんど厨房に立つこともなかった弦斎は、『食道楽』の料理に関する実践的知識の多くを、夫人の助けを借りて書いていた。

じっさい、弦斎は『食道楽』のはしがきで、

――由来、余をして食道楽に傾倒せしめしは、余が夫人多嘉子の君、力多きによる。味覚の俊秀、調味の懇篤《こんとく》、君は実に我が家のお登和嬢たり。小説食道楽なりしも、一半は君の功に帰せざるべからず。

と書いている。

まさに、内助の功であった。それればかりではない。多嘉子夫人はやがて、雑誌や本にも登場するようになり、『弦齋夫人の料理談』なる一書を実業之日本社から出している。この本の口絵には、著者の写真（当時二十八歳）も掲載されているが、じつに若々しく美しく、明治の賢夫人の香り高い。

近ごろでは着る人も稀になっているが、

――かっぽう着

というものをはじめて考案したのも、多嘉子夫人であった。着物の女性が家事をするとき、邪魔になるたもとを、筒袖のかっぽう着によって解消したものである。

弦斎は、十七歳年下の夫人をよほど信頼していたのか、書き上げた小説、エッセイのたぐいをすべて彼女に見せ、記事にあやまりがないかチェックを受けていたという。

夫婦仲はきわめてよく、弦斎は静養先の湯河原から、愛妻にあててこんなラブレターまで書いている。

——健康のためと止む得ず辛抱する様なものの、その寂寥察し下されたく候、夢に見しは両度なれども、心は殆ど毎日の様に御身の事を想い出し候（明治四十二年、十月十九日付）

夢に見るのは、二、三度だが、心は毎日のように君を想い出している——と、弦斎は書いている。多嘉子夫人への気持ちがつたわってくるような、愛情にあふれた手紙である。

村井弦斎の『食道楽』のヒットにより、明治の世に一大美食ブームが巻き起こった。

『食道楽』は新婚家庭の必需品と言われ、母親は自分の娘に、嫁入り道具として必ずこの本を持たせたという。

また、「食道楽」なる美食を追究するグルメ雑誌が発刊されたり、平清《ひらせい》、常盤などの料亭や、メトロポールホテル、東京倶楽部といった西洋料理店を食べ歩く〝食道楽会〟なる美食家たちのあつまりも結成された。

昨今、日本はグルメブームといわれるが、驚くべきことに、現代とまったく同じ現象がすでに明治時代に起こっていたのである。そのみなもととなったのが、ほかならぬ村井弦斎だった。

しかし、弦斎が時代に先駆けていたのは、それだけではない。

彼は料理というものに、文化的な意義を見い出そうとした先駆者であった。すなわち、栄養バランスのよい食事をとることによって、いかに健康的、文化的暮らしを送ることができるか、村井弦斎が考えていたのは、まさにそれであったと言っていい。

『食道楽』のなかで、弦斎はすでに玄米食を提案したり、薏苡仁《よくいにん》料理を提案している。薏苡仁とは、健康食品のハト麦のことである。

また、晩年の弦斎は、生の食物だけを摂取する実験、断食療法など、身をもってさまざまなこころみをおこなっている。ために、彼は世間から奇人のように見なされるようになるが、それらはすべて食事と健康をきわめようとした弦斎自身の真摯《しんし》な姿勢のあらわれであった。

食の探求をきわめつくした結果、弦斎は、

「なるべく新鮮なもの」

「なるべく天然に近いもの」

など、いわゆる〝自然食〟の考えに到達するようになる。日々、体に取り入れる自然な食べ物が、人間の健康に直結することは、現代の最新の医学でもすでに実証ずみとなっている。彼は「医食同源」などという言葉が、日本社会に広く知れわたっていなかった時代にそれをいち早く主張していた。ここにこそ、村井弦斎の素晴らしさと先駆性がある。

弦斎を調べていて思うのは、じつにスケールが大きいということだ。現代でこんなことのできる小説家は、もういまい。富国強兵を押しすすめた明治の世に、これだけ生活そのものを娯しむ余裕を持ち合わせた人間がいたとは、私にとって新鮮な驚きであった。

新世紀は心の豊かさが見直される時代になるだろう。そうしたとき、村井弦斎的生き方は、必ずやわれわれの大きな指標となるにちがいない。

ド・ロさまそうめん

先日、

――ド・ロさまそうめん
なるものを頂いた。

贈ってくださったのは、私が連載している歴史小説『沢彦』の挿絵画家の安久利徳さんである。講談社出版文化賞を受賞されたお祝いに花を差し上げたところ、そのお返しに頂戴した。

しかし、三輪そうめんや播州そうめん、伊予松山の五色そうめんなら聞いたことがあるが、ド・ロさまそうめんとは、また聞きなれない不思議な名前である。

「ド・ロさま」とは、そも何者であるのか――。

あれこれ考える前に、まずは肝心のそうめんを食べてみることにした。

茹《ゆ》でる前に、

「あれ」

と思ったのは、その麺の太さだった。そうめんどころか、冷や麦よりも太い。細いウドンと冷や麦の中間といったところだろうか。しかも、色がやや黄味を帯びている。

（本当に、これがそうめんなのか……）
あのどこか頼りない、絹糸のように細いそうめんとはまったくちがう、たくましい存在感がある。といって、ウドンのような押しつけがましい強さもない。たしかな自己主張がありつつ、あくまでおだやかな印象なのである。

茹で時間は、普通のそうめんの約二倍。

しっかり冷水でもみ洗いして麺を引きしめ、お気に入りの備前の大鉢に氷とともに盛って、いざ食卓へ。

薬味は、定番のおろしショウガと青じそ、ミョウガの千切り。はやる気持ちを押さえ、まずは一口すすってみた。

ツルッと喉ごしがいい。それでいてコシがある。いままで経験したことのない不思議な食感のとりことなり、たちまち大鉢の麺を平らげてしまった。

食べたあとも、なかなかに腹持ちがよく、そうめんのごとき物足りなさがない。口中に、南の風が吹き抜けたような爽やかさがいつまでも残った。

以来、すっかりはまってしまい、今年の猛暑の夏の夕食はド・ロさまそうめんと決めている。

ド・ロさまそうめんの産地は、長崎県西彼杵《そのぎ》郡外海《そとめ》町。大小の小島が浮かぶ角力灘をのぞむ、風光明媚な土地である。

ド・ロさま――フランス人宣教師マルコ・マリ・ド・ロ神父は、この外海地方の出津《しつ》村に主任司祭として赴任してきた。明治十二年のことである。

当時の外海地方には、目の前に美しい海があるほか、これといった産業もなく、村人たちは貧困にあえいでいた。人々の苦しみを目の当たりにしたド・ロ神父は、布教活動のかたわら、診療所や授産所を設立。多くの命を救った。

このド・ロ神父が、外海地方の経済を豊かにする殖産興業の一環としてはじめたのが、マカロニづくりだった。時あたかも、文明開化の明治時代。食生活の洋風化にしたがって、マカロニのようなパスタ類も、西洋料理店のメニューに登場するようになっていた。

ド・ロ神父は、故国のフランスから小麦の種を取り寄せ、外海地方で栽培したものを原料に、マカロニを製造した。ばかりでなく、日本人の嗜好にあわせ、そうめんづくりにも挑戦した。

むろん、そうめんに使われる小麦は、マカロニと同じフランス原産のものである。そうめんを延ばす引き油には、一般的なナタネ油、ゴマ油ではなく、近辺で採れる落花生《らっかせい》の油を用いるという独自の工夫をした。

その結果、誕生したのが、私がやみつきになったド・ロさまそうめんだったわけである。パスタの原料でそうめんとは、恐れ入ってしまう。

ちなみに、この麺は、

「ド・ロさまのそうめんは旨い」

と人々の評判を呼んだが、戦争の混乱のなかで、一時、製造が途絶えていたという。それが最近、町おこしで蘇り、外海地方の新しい名物になった。

ルーツがパスタからきているとあって、ド・ロさまそうめんは、トマト、オリーブ油などを使った冷製パスタ風にしても、いけそうである。きゅうり、黄ニラ、エビ、白ゴマなどを合わせた中華風なども、案外いいかもしれない。

しかし、何といってもシンプルが一番。

毎日、ド・ロさまそうめんを食べていても、まったく飽きがこないのは、はるか海をこえてやって来たひとりの神父の、深い慈愛のなせるわざかもしれない。

小鍋の愉しみ

鍋は、小鍋にかぎる。

というのも、拙宅が同居人とふたりだけの、こぢんまりとした家族だからだ。若いころには、大鍋にどんどん具を放り込み、旺盛な食欲で平らげてしまったものだが、五十近くにもなるとさすがにそれはキツい。

グツグツとさまざまな具が煮える賑やかな大鍋よりも、もっと閑雅な、しみじみとした味わいの小鍋を愉しむようになった。

加熱に使うのは火力の強いガスコンロではなく、固形燃料が一個きり。蛍火のようなか細い炎が燃えつきるまで、時間はせいぜい二、三十分しかあるまい。その短く限られた時間のなかで、

（今夜は、どんな鍋にしようか……）

と、あれこれ工夫をこらすのもおもむきが深い。

はかなさのなかに、人生の真実《まこと》を見いだすとでも言うのか。盛者必衰のならいを覚悟しつつ、鍋という小宇宙に秘めたる花を見るとでも言うのか。そんな、もったいぶった屁理屈は抜きにしても、小鍋はじつにいい。

鍋が小さいから、必然的に具の種類、量も徹底的に絞りきらねばならない。

秋には何といっても、シロカワハギの鍋がいい。私の住まいの目の前の海——相模湾では、柿の実が色づくころによくとれる。淡泊でクセがなく、しかも身がしっかりと引き締まっている。地物をあつかう魚屋でしかお目にかからないが、なかなかにオツな味である。薄い醤油味もよし、ポン酢に紅葉おろしもまたよしである。

季節がぐっと深まり、町にひょうひょうと木枯らしが吹くころになると、連夜、タラの白子《しらこ》のミゾレ鍋で酒を呑む。聖護院かぶらを擦りおろしたミゾレをたっぷりと用意し、新鮮な白子と水菜だけを具に入れる。タラの白子のうまみがミゾレに沁み込み、体が芯からぬくもること請け合いである。

ただし、この小鍋はわが家のオリジナルではない。北大路魯山人邸跡に窯を持つ鎌倉の陶芸家K氏のところへ行ったおり、京都出身の美人の奥様に御馳走になり、あまりのうまさに、

「レシピを教えてくださいッ！」

と、頼み込んで伝授されたものだ。

粘土をこねる真冬の陶房は火の気もなく、手足の指先がじんじんと痺れるほど寒い。冷えきって縮こまった胃の緊張を解きほぐすミゾレ鍋は、そんな苛酷な環境のなかから編み出された、もてなしの智恵であるかもしれない。

魚を使ったものでは、ほかにクエ鍋、フグ鍋、アンコウ鍋などが好きだ。ただ、惜しむらくは、それらの魚が小鍋には向いておらず、大鍋に具をたくさんぶち込まないと、うまさが十分に引き出せないことであろう。上品な切り身が二、三切れ浮かんでいるだけでは、ほんとうにクエやフグを味わったとは言えない。ことにアンコウ鍋となると、あのベロベロしたゼラチン質の皮や得体の知れない内臓、こってりしたキモ――いわゆるアンコウの七つ道具なくして、語ることはできない。だから小鍋にいそしむ昨今では、泣く泣くそれらをあきらめ、年に一度か二度、大鍋を囲んだときだけで我慢している。小鍋道は愉しいが、また同時に、多少のストイックさも伴うのである。

小鍋に凝っているうちに、近ごろは〝器〟としての鍋そのものにも凝るようになってしまった。

わが家には、

鶏の水炊き用の小鍋
湯豆腐用の小鍋
蟹すき用の小鍋
トムヤムクン用の小鍋

など、それぞれの用途に応じて小鍋が取り揃えてある。

――無駄な……。

と、笑うことなかれ。小鍋は素材や形によって、みごとに味が変わる。向き合う人の心も変わる。

そんななか、今シーズン最大のヒット作と私が内心、ほくそ笑んでいるのが、鋳物の小型すきやき鍋である。鋳物のすきやき鍋じたいはめずらしくもないが、独身者向けか、はたまた夜遅く帰宅する寂しい亭主向けか、鋳物の小鍋が近所の雑貨屋に登場した。

小鍋のすきやき——これは、中年以上の、肉を食べると胃にもたれを感じるようになった諸兄におすすめである。牛肉はほんの少し、といっても極上の前沢牛か、米沢牛あたりを用意する。定番の春菊とネギ、しらたきを少々、そして香りの高い松茸を入れるのである。コンロの固形燃料が燃え尽きる前に、徳利の酒が二、三本はあいている。

我ながら、小鍋談義をはじめると、まったくきりがなくなる。

羊羹遍歴

かつて、十年以上も前のことだが、羊羹《ようかん》を食いまくったことがある。東京虎屋、京都伏見の駿河屋といった有名店の羊羹のみならず、地方に取材に行き、どこそこの羊羹がうまいと聞けば、必ず買い求めて食べた。

当時は独り身だったので、買ってきた羊羹を夕飯のかわりに丸ごと一本食べるという暴挙もやってのけた。エステに通うダイエットちゅうのＯＬなら、ええっと目を剝《む》くところであろう。羊羹一本が、いったい何千キロカロリーになるのか知らないが、とにかく相当な糖分が含まれていることは間違いない。それでも、当時は太らなかったのだから、よほど貧困な食生活を送っていたのであろう。

しかし、羊羹一本を食べるというのは、かなり悲惨なことなのだ。やった経験のある人はまずいないだろうから書いておくが、羊羹を一度に大量に食べると、カーッと頭がのぼせ、酔ったような気分になるのである。

おそらく羊羹に含まれる多量の糖分のせいで血糖値が上がり、気分がＨＩＧＨ《ハイ》になるのであろう。

さながら、ドラッグによるトリップ状態と言っていい。興味のある方はやってみられるとよいが、胃がもたれ、まる三日は食欲がわかず、内臓はガタガタになるという代償をともなうことを言い添えておく。

なぜ、かくも悲惨な思いをしてまで、私は羊羹を集め、食べ続けたのか。それはすべて、時代小説のためである。

そもそも、われわれが今日食べる〝練《ねり》羊羹〟は、豊臣秀吉の時代に誕生した。〝蒸《むし》羊羹〟はそれ以前からあったのだが、洗練された高級菓子としての練羊羹は、秀吉が伏見駿河屋（当時の屋号は鶴屋）に命じて作らせたのが始まりである。以来、羊羹は贈答品や寺社参拝の土産物《みやげ》として諸国に広まり、各地にさまざまな名物羊羹が生まれた。

信州諏訪は新鶴本店の「塩羊羹」、松山の中野本舗「薄墨《うすずみ》羊羹」、名古屋美濃忠の「上り羊羹」、二本松玉嶋屋の「本煉羊羹」……。

羊羹ひとつにも歴史がある。歴史があれば、時代小説の素材となるはずだ。かくして、私は大まじめになって羊羹食べ歩きに挑戦したのだった。

幾多の羊羹遍歴の果てに生まれたのは、わずかに『羊羹合戦』という短編小説一本きりであったのだが……。

海の道

日本海側には料亭が多い。

私の生まれた新潟市内にも、行形亭、鍋茶屋、大橋屋など、老舗の料亭が数多くある。新潟にかぎらず、酒田や三国、松江、金沢といった町々には、必ずといっていいほど名料亭が存在している。

個人的に料亭で放蕩三昧をしたことはないが、店構えを見ただけで、町の旦那衆の豪儀な遊びぶりがうかがえる。太平洋側にも料亭はないではないが、その密度は日本海側のほうがはるかに濃い。

この違いは、いったいどこから生まれたのか。

答えは、

——海の道

にある。

古来、大陸に向かってひらけた玄関口は日本海側にあった。朝鮮半島や中国の文化は、海をわたって若狭小浜や越前敦賀にもたらされ、そこから陸路、京へつたわっていった。逆に、京の文化が日本海側へ広まり、それが湊々を結ぶ北前船をとおして、わが故郷新潟にも伝播したのである。

室町時代の武家料理に、

――のっぺい汁

というものがある。

上方では早くにすたれてしまい、奈良あたりにしか残っていないが、これが新潟の正月に欠かせない祝い料理になっている。まさしく、海の道を通ってもたらされた上方文化の名残にちがいない。

それに加え、日本海沿岸は米どころが多く、むかしから経済的に豊かであった。文化と金のあるところに、料亭が生まれたのは必然の成り行きであろう。

明治以降の近代化の嵐のなかで、日本海側と太平洋側の経済力は逆転し、いっとき、「裏日本」などというありがたくない名称まで使われていた。だが、明治の中頃までは、「裏日本」のほうがはるかに絢爛たる文化の華を咲かせていたのである。

夏おだやかな日本海も、冬場は荒れる。風が哭き、鉛色の空から横なぐりの雪が吹きつける。冬のあいだ、海の道は閉ざされ、情念だけが降り積もる。その積もり積もった情念の深さが、土地の風土に陰翳となって刻まれる。

じつは――。

新潟の某料亭で、たった一度だけ、出版記念のささやかな集まりをひらいたことがある。はじめて敷居をまたいだ料亭のなかは、不夜城のようにまばゆかった。天井に描かれた牡丹や紅葉など、華麗な四季の図。壁も天井も金箔貼りの、きらびやかな黄金の間。欄間や窓の精巧な透かし彫り。すらりと背の高い、色白の美人女将。

軒を吹き過ぎる冷たい風の音に耳をかたむけながら、そんな夢幻の世界に酔うのも、また一興ではないか。

米沢にて

時代小説家にとって、作品の舞台となる土地を訪ねる取材の旅は一種の儀式のようなものだ。土地の古書店や図書館に立ち寄って資料を集め、郷土史にくわしい方に話を聞き、城や神社仏閣、史跡をめぐり歩く。それはむろん知識を得るための旅なのだが、歩いているうちに土地の匂いや風、光の濃淡、そこに暮らす人々の何げない日常がしぜんと胸に沁み入ってくる。

最後に必ず、小説に描く主人公の墓に手を合わせ、

「書かせていただきます、よろしくお願いします」

と、挨拶をするのが私なりの流儀になっている。

小説『天地人《てんちじん》』の取材のため、山形県の米沢を訪ねたときもそうだった。米沢の城下は、上杉家執政直江兼続《なおえかねつぐ》がその後半生を過ごしたところにほかならない。

米沢城は、諸国にあるほかの近世城郭とは少し異なっている。天守もなければ高石垣もなく、苔むした土塁と幅の狭い水濠《みずぼり》があるだけの館に毛の生えたような城だ。かつては天守の代わりに三重櫓があったというが、その屋根は瓦葺きではなく茅葺きだった。燃えやすい茅葺きでは、火矢を射かけられたらひとたまりもない。すなわち、押し寄せる敵を向こうにまわして、合戦

ができる城ではないということだ。

米沢城が、こうしたやわな城になったのには理由がある。天下分け目の関ケ原合戦のとき、直江兼続は西軍の石田三成と結び、天下簒奪《さんだつ》をもくろむ徳川家康に真っ向から挑戦状をたたきつけた。合戦は家康の勝利におわり、上杉家は会津若松百二十万石から、米沢三十万石に大減封された。外様《とざま》大名に対する徳川幕府の監視の目は厳しい。安芸広島城主の福島正則《まさのり》は、石垣改築の届けを事前に出さなかったというだけで改易の憂き目にあい、ほかの多くの大名家もささいな瑕瑾《かきん》を理由に取り潰された。関ケ原後の大危機を乗り越えた兼続は、先代謙信から受け継いだ上杉家の家名を絶やさぬため、細心の注意をはらい、

「このとおり、幕府に手向かいする気はございませぬ」

と、城の姿をもって恭順の意をしめしたのである。とはいえ、直江兼続は天下人家康を恐れさせたほどの智将である。ただ、頭を下げたわけではない。米沢城下を歩くと、奇妙な墓が多いのに気づく。

――万年塔《まんねんとう》
と、地元で呼ばれる墓である。墓をおおう方形の石に、九つほどの穴があいており、いざ合戦となったときには、それを楯のように街道にならべて敵を防ぐという。穴は銃眼にほかならない。

むろん、城下の林泉寺《りんせんじ》にある直江兼続とその妻お船《せん》の墓も万年塔である。平和路線を選択しながら、その一方で、幕府が理不尽な要求をしたときには、

「上杉家はいつなりとも一戦つかまつる」

と、抜かりなく備えをおこなっていた。

米沢の町には、それ以外にも、兼続の名残を感じさせるものがそこかしこに転がっている。兼続が備荒作物として栽培を奨励したウコギの生け垣、暴れ川であった松川の水害を治めるために築いた直江石堤《せきてい》、猿尾堰《さるおぜき》取水口にある兼続直筆の「龍師火帝《りゅうしかてい》」の碑。米沢ではコイ料理が名物だが、それも兼続が海のないこの地の人々のタンパク源として、養殖をすすめたものである。

いまでは、さまざまな史蹟や米沢牛のうまい店のありかも手に取るようによくわかるが、十数年前、初めて米沢の地を訪ねたときには、城の場所すらわからなかった。

そのとき、見ず知らずの私に親切にしてくれたのが米沢の方々である。地図をひらくと、ものの十秒もたたないうちに、

「どちらへお出でになるんですか」

と、白い日傘の婦人が話しかけてきた。私が城跡へ行こうと思っていると言うと、懇切ていねいに道順を教えてくれ、やわらかな微笑を残して去っていった。自分から道を聞いたおぼえ

ならあるが、人に声をかけられて道を教えられたという経験は初めてだった。

驚いたことに、それは一度ではなく、二度、三度とつづいた。三度目など、道を自転車で走っていたご老人が甲高いブレーキの音を響かせて急停止し、

「どこへ行かれるんじゃ」

と、聞いてきた。偶然も、これだけ重なれば偶然とは言えない。必ず理由があるはずだ。米沢を治めた上杉家には、謙信以来の伝統があった。「信義」と「仁愛」を重んじる気風である。この地の人々には、いまも上杉家が残した気風が脈々と生きつづけているのではないか。

初めて米沢を旅したときの驚きと感動が、『天地人』という一編の小説となって実を結んだ。だから、旅はおもしろい。

雨の熊野路

若いころ、熊野街道を自転車で走ったことがある。自動車ではない。自転車である。そのころ、私はものにつかれたように旅にばかり出ていた。自転車を分解して輪行袋《りんこうぶくろ》に入れ、列車に乗る。目的地で列車を下り、自転車を組み立てて走りだすのだ。走るといっても、町中の平坦な道ではない。山中のけわしい峠道や林道である。晴れ上がった空の下ではじつに爽快だが、天候がくずれると、一転して悲惨きわまりない旅になる。

そのときもやはり、悲惨であった。

走りはじめたのはたしか、海岸べりの紀伊田辺だったはずだ。浜辺で子供たちが貝拾いをしているのを横目に見ながら潮風のなかを走り、昼すぎに山の中へ分け入った。一泊めは、近露《ちかつゆ》。かつて、熊野街道中辺路《なかへち》の宿場として栄えた村落である。ようやくたどり着いたのは、夜の八時。山間の小盆地にある近露の町の灯《ひ》が、金魚鉢の底に星をまいたように樹間から見えたのをおぼえている。

夜おそく、宿に着くのには慣れていた。なるべく早く宿に入って、ゆっくり風呂にでもつかり、山里の味を楽しもうと、旅をするたびに思うのだが、峠越えをしているうちについつい時間をくい、陽が西の山かげに沈んでしまうことになる。まあ、それはいい。たとえ明かりひとつない夜道を走ろうとも、雨さえ降らないかぎり、自転車の旅は楽しい。

翌日、近露王子《おうじ》を見て、比曽原《ひそはら》王子、継桜王子と快調に飛ばした。中世、〝蟻《あり》の熊野詣《くまのもうで》〟といわれるほど、熊野本宮《ほんぐう》への参詣客でにぎわった熊野街道中辺路には、道の途中に〝九十九王子〟と呼ばれる神社や祠《ほこら》が九十九ケ所あり、それを拝みながらすすんでいくと、終着点である熊野本宮へ到達することになっている。

雲行きがあやしくなったのは、小広《こびろ》王子をすぎてからだった。道に乳白色の霧がただよいだし、やがて、ぱらぱらと雨が落ちて来た。空が暗くないのでそのうち止むだろうとは思ったが、念のため、ゴアテックスの雨具を身につけた。

走っても、走っても、雨はいっこうに止まない。それどころか、ついにどしゃぶりになった。矢のような雨である。水しぶきで一寸先も見えない。

（こりゃあ、たまらん）

と思い、車のまったく通らないトンネルのなかで雨やどりをした。地形のせいか、トンネルのなかをビュービュー音をたてて突風が吹き抜けていく。近露の宿で用意してもらった冷たい握り飯を食い、水筒のなかのこれまた冷たい番茶を飲んだ。

いつまで待っても雨はやむ気配をみせない。しかたがないので、トンネルを出てしばらく下っていくと、道は熊野古道に入った。草ぼうぼうの道である。そこから先は、中世以来の古道を走らなければ、本宮へ達することはできないのである。

道はほとんどケモノ道であった。もちろん、自転車に乗ることはできない。押したり、肩にかついだりしながら、渓流ぞいの岩の突き出た古道を歩いた。

雨はあいかわらず降りつづいている。顎《あご》の先から雨のしずくがしたたり、体が芯まで冷たくなる。ふらふらしながら進みつづけること、二時間——。

渓流ぞいに、ようやく藁葺《わらぶ》き屋根の家が見えてきた。近づいてみると、人の姿はない。廃村である。森の中に、つぶれかけた藁葺き屋根の廃屋だけが、しずかに沈黙しながら雨に濡れているのだ。あまりの悽愴《せいそう》さに、しばし茫然と立ちつくした。

旅を終えてから調べてみると、そこは「道湯川《どうゆかわ》」という集落で、往時には熊野参詣の人々で、たいそうなにぎわいをみせたらしい。平安時代末期の歌人、藤原定家もその村に泊まり、

「夜中に湯川（道湯川）の宿所に著《つ》く。寒風なす方なし」

と、『明月記』のなかで書いている。

つつましく強く――椿の魅力

私の仕事場から駅へ向かう途中、海をのぞむ坂道のかたわらに椿の古木が枝をのばしている。樹齢五〇年は経っているであろう。椿の生えている斜面の上は、いまは住む人とてない荒れ屋敷の庭で、手入れされることもないまま雑草が蓬々《ほうほう》とおい茂っている。その木暗《こぐら》い庭に清雅な花をつける早咲きの白椿が、近ごろ私の心を魅きつけてやまない。

花はやや小ぶりな純白の一重咲きだ。花弁が雄蕊《おしべ》を包み込むように内側へ湾曲しており、抱え咲きのつつましい花形が何とも清楚可憐である。屋敷のかつての持ち主が、茶花にでも使っていたのかもしれない。木枯らしが吹く初冬のころに咲く椿で、これほど凜としたすがしい花はめずらしい。

これにかぎらず、冬から春にかけて、椿好きの私は、民家や寺の生垣、岬の原生林のなかなどに人知れずに咲く椿の花にしぜんと目がいってしまう。

はじめて椿を、

（美しい……）

と心の底から思ったのは、取材でおとずれた近江坂本の藪椿《やぶつばき》に出会ったときだった。

近江坂本は、伝教大師最澄が京の鬼門の守りとして開いた比叡山延暦寺のふもとにある。山上の骨身に沁み入るような寒さを嫌った僧侶たちは、やがて山麓の坂本に日常の住まいを移すようになった。

ゆるい坂道の両側に、僧侶たちの住坊である塔頭《たっちゅう》が並んでいるが、その生垣の多くに椿が植えられている。それらはいずれも、花形の引き締まった小さな筒咲きの藪椿で、何ともいえず品がいい。濃い緑の葉叢《はむら》のなかに、明かりを灯したように咲く紅色の花は、平安の世からつづく比叡山の長い歴史を、ただその一点に凝縮しているように見えた。

それから、取り憑かれたように、さまざまな椿をもとめて各地を旅するようになった。八百《はっぴゃく》比丘尼《びくに》伝説を秘めた若狭小浜の白椿、太閤秀吉遺愛の五色八重散椿、茶人織田有楽《うらく》好みの有楽椿、佐渡羽茂《はもち》椿、霊鑑寺《れいかんじ》白藪椿、奈良東大寺の糊《のり》こぼしなど、さまざまな椿を見た。

雪椿の魅力を知ったのは、越後の高田をたずねたときではなかったか。

太平洋側は藪椿だが、日本海側の雪国には、別系統の雪椿というものがある。私も雪椿の多い越後の生まれだが、藪椿のしんとした端正な姿にこだわるあまり、どちらかといえば花形の乱れがちな雪椿のすばらしさを不覚にも知らなかった。

いまは地球温暖化の影響か、それほどでもなくなったが、榊原家一五万石の城下町だった高田は、かつて家々の屋根まで雪に埋もれたほどの豪雪の地である。

厳寒の季節、雁木《がんぎ》のある高田の町を歩きながら、私の目にふととまったのが、真っ白な雪のなかに咲く深紅の雪椿だった。

形がいいとか悪いとかではない。花の色が綺麗だとか、めずらしいとかでもない。雪に閉ざされた白一色の無彩色の世界で、そこだけたったひとつ、命のあかしのように咲く紅色の雪椿。厳しい冬に耐え、ひたすら春をのみ待つ暮らしのなかで、これほど力強く、心励まされるものはない。

雪が解け、春になっていっせいに咲く色とりどりの花も美しいが、寒風のなかでみせるつつましやかな強さこそ、椿の真の魅力であるかもしれない。

そういえば、京の西山で、どんな図鑑にも載っていない変わった椿を見たことがある。薄紫色の一重咲きで、それが赤みをおびた覆輪《ふくりん》でふちどられていた。渓流沿いの寂しい道を歩いていたとき、足元に落ちていた花を偶然見つけたのだが、紫系の椿というのはきわめてめずらしい。

一枝持ち帰って挿木にしようと思ったが、その花の咲く椿の木は、とうてい手の届かない渓流のはるか上の斜面にあり、望みを達することはできなかった。写真を撮っておかなかったので、いまではあの紫覆輪の花が現実のものだったのかどうか、わからなくなる。

人生も、そんなものかもしれない。

望むものはつねに遠くにある。遠く得難いからこそ、それは珠玉のように美しい。

私の仕事場から駅へ向かう途中に咲く白椿もそうだ。手を伸ばせば、どうにか枝に手が届きそうだが、あの花は手折らず、そっと眺めて行き帰りの道の娯しみとしておこう。

黒い瞳と運命の出会い

1匹のチワワがわが家へやって来ることになったのは、NHK大河ドラマと大いに関係がある。

3年ほど前、拙著『天地人』が大河ドラマの原作に決定して以来、それまでの晴耕雨読の静かな暮らしが一変し、時ならぬ喧噪《けんそう》の渦に巻き込まれてしまった。毎日、講演会、インタビュー、サイン会と、さまざまなスケジュールに追い立てられ、ろくに原稿を書いている暇もない。趣味だったルアー釣りや骨董《こっとう》屋めぐりにも行けず、酒を呑みに行く時間すらない始末である。

息が詰まった。世界中を敵に回したような気分になった。のしかかる重圧に、ストレスが溜まっていく一方であった。

そんなとき、たまたま通りかかった近所のペットショップで見かけたのがチワワの仔犬《こいぬ》だった。生後3か月の雌犬である。その子と、いきなり目が合った。

人間にも犬にも、相性というものがある。初対面でたがいを見つめあうほどの関係ならば、その後の付き合いも、きっとうまくいくにちがいない。しかも、ガラスケースの向こうからこちらを見上げる視線がまっすぐで、純真で、どこか思慮深さを感じさせた。

ペットを飼うと心が癒されると聞いたことがあるが、いまの自分に必要なのは、まさにその癒しなのではないか。こいつと一緒に暮らしたいと思った。とはいえ、生まれてこのかた、私は犬というものを飼ったことがない。世話をするとなれば、それなりの負担もかかるだろう。自由が奪われ、逆にストレスが倍増するのではないかという恐れを感じ、仔犬から目をそむけて心に鍵をかけた。

だが、家に帰ってからも気になってしかたがない。ちょうどゴールデンウィークの最中だったこともあり、

（あれだけかわいいやつだ。きっともう、誰かに引き取られてしまったにちがいない……）

執筆の合間にも思い浮かぶのは、ややうるんだ大きな黒い瞳のことばかりである。

矢もたてもたまらず、翌日ふたたびペットショップへ行った。仔犬はいた。そのあくる日も、また次の日も売れ残っている。

これはもう、運命としかいいようがない。

犬の飼い方など何ひとつ知らないにもかかわらず、ままよと心を決め、そいつを家族に迎え入れることにした。

どこまでもおおらかに育ってくれるように、「空《くう》」と名付けた。

朝に限ってあいさつの言葉

じつは、我が家の愛犬チワワの空には秘密がある。

なんと、言葉を喋《しゃべ》るのである。

そもそも、ペットショップで出会ったときから、その傾向はあった。なにしろ犬を飼うのは初めてなので、店の女の子からフードのあたえ方やら何やら、2時間以上にわたって説明を受けた。最後に、わが家の娘となる仔犬を抱いてあらわれ、「爪はこうやって切ってあげて下さいね」と、犬用の爪切りを使って実演してくれた。

ところが、どうかして深く切り過ぎてしまったのだろう。仔犬が嫌がり、体をひねって、

「いやーん」

と、声を漏らした。

思わず耳を疑った。犬はワンワン吠《ほ》えるという先入観しかなかった私は、予想外の第一声に唖然《あぜん》とした。店の女の子は驚いたふうもなく、

「この子はほんとにいい子なんですよ。かわいがってあげて下さいね」

と、私の腕にチワワを抱かせた。

仔犬は、温かかった。家へ連れて帰る途中も、キャリーバッグをとおして、肌のぬくもりが伝わってきた。脅えているのか、かすかに震えている。

(生きているんだな……)

わが家には子供がいないせいか、小さなものの肌のぬくもりを知らぬまま人生を送ってきた。いまバッグのなかにいる小さな生命は、私が守り育ててやらなければ生きていけない。そう思った瞬間、胸にやわらかな感情が流れ、不意に涙が出そうになった。

それから空ちゃんはわが家の一員になったのだが、半年もするとすっかりなつき、毎朝、私を起こしにくるようになった。

最初は、掛け布団から突き出た足をペロペロなめているだけだった。そのうち、腹這《はらば》いになった私の背中に飛び乗ってくるようになり、頬《ほお》に情熱的なキスまでされた。おかげで、明け方近くまで仕事をする夜型だった生活が、いやおうなく朝型に変わり、早寝早起きが習慣になってしまった。結果として不健康な深酒がやめられたのもペットの効能であろう。

それはともかく、私を起こしに来ているうちに、わが愛犬はいつしか、興奮して「ハニュ」とか、「アニョ」とか、奇妙な声を出すようになった。

はじめは何のことかわからなかった。

不思議に思っていたところ、やがて、ある朝ついに、

「おはよーッ」

と、はっきり言った。

どうやら、飼い主の私に朝の挨拶《あいさつ》がしたかったらしい。おそらく、誰にも信じてはもらえまい。

何しろ、空ちゃんが喋るのは、私の前だけなのだから。

白い足先に20代の思い出

犬といえば、いまも時々思い出すことがある。

クロという犬がいた。と言っても、私が勝手につけた名で、本当の飼い主からそう呼ばれていたわけではない。

私がまだ出版社に勤務していた20代のころだ。学生時代に歴史小説家になろうと一念発起したものの、食っていくためにサラリーマンになった。

組織での生活は息苦しかった。

夢を果たせぬまま、この息苦しさのなかで埋もれていくのではないかと恐れをおぼえ、日々、酒を呑んでは辛《つら》い現実から逃れようとしていたような気がする。

そんな生活のなかで、唯一のなぐさめとなったのがクロだった。

クロは、そのころ私が住んでいた安アパートの１階下の夫婦に飼われていた。いま思えばアパートはペット禁止だったと思うのだが、夫婦は通路に勝手に犬小屋を置き、なかば放し飼いのようにクロを自由にさせていた。

雑種であろう。全身真っ黒で、足の先だけ靴下を履いたように白い。

そのクロがいつからか、朝、会社へ出勤する私の見送りをするようになった。きっかけは何だったのか、いまとなっては覚えていない。ともかく私が出かける朝8時半になると、必ず下の階から駆けのぼってきてドアの前でおすわりをして待っている。ドアを開けると尾っぽを振って、そのまま駅へ向かう道の途中までトコトコと付いてきた。

飼い主の夫婦は、おそらく夜の商売をしていたのではないか。朝のクロはいつも独りぼっちで、なぜか、孤独を胸に抱えていた私によくなついた。

ときには、

「クロ、ありがとう」

と頭を撫でて、ポケットに入れてきた竹輪やソーセージをやった。飼い主が知ったら怒られただろうが、それくらいしか感謝の気持ちをあらわす手立てを知らなかった。当時の私の心の空白を埋めたのは、人には言えぬクロとのひそかな交流だけだった。

いまクロのことを思い出すのは、ほかでもない。わが愛犬チワワの空《くう》が、クロと同じ真っ白な靴下を履いているのだ。数ある犬のなかからその子を選んだのは、私のなかに眠っていた白い靴下の記憶のせいかもしれない。

もっともクロはクロ、空は空である。

クロの家からはいつも夫婦ゲンカの声が聞こえ、そのせいかクロは少しだけ哀《かな》しげな目をしていた。わが家の一員であるからには、空にあんな淋《さび》しい目をさせてはなるまい。原稿の締め切りに追われて気が立っているときも、空には笑顔を向けるようにしている。そうすると、しぜんに苛立《いらだ》ちが静まってくるから不思議である。

ゆっくり付き合っていこう

わが家の愛犬、チワワの空《くう》の身に、時ならぬ災難が降りかかったのは、昨年の春爛漫《らんまん》の頃のことである。

いつも輝いている黒い瞳がしょぼついている。よくよく見ると、目のふちが真っ赤になっていた。ちょうど花粉症の季節だったこともあり、

（犬にも花粉症があるのかな）

と、最初はたいして気にもとめなかった。だが、症状は日増しに悪化し、皮膚に発疹《ほっしん》が出て、ひっきりなしに体じゅうを掻《か》くようになった。これはただごとではないと、空を抱いて動物病院へ駆けつけた。

「アトピー性皮膚炎ですね」

一目見るなり、医師は診断を下した。

犬のアトピーは、近ごろ珍しくはないらしい。血液検査をしたところ、空のアレルゲンは、鶏肉、米、コーンといった食物のほか、ヒノキやヤナギ、道端に生えているありふれた雑草など32種類、眩暈《めまい》がするほど多岐にわたるものであった。むろん、カビ、ダニも、そのなかに含

まれている。

「1歳ちょっとで発症するというのは珍しいですね。これから年々、症状が重くなっていくでしょう。完治の見込みはまずありません」

胸が冷えるような宣告を受け、ステロイド剤を処方されて家に帰ってきた。

さっそくフードをアレルギー用に切り替えたが、病状はいっこうに改善しない。それどころか、ふさふさだった自慢の毛が抜け落ち、食欲も衰えて見る影もなく激痩《げきや》せした。できるかぎり原因物質を排除し、対症療法をしながら悪戦苦闘する日々がつづいた。

それが、半年後のある日、あれほどひどかった症状が一変した。腹の発疹がみごとに消え、毛並みにつやが蘇《よみがえ》ってきたのである。

正直、理由は不明である。考えられることといえば、あまりに食欲がないので、無糖無脂肪のヨーグルトを与えるようになったことぐらいであろうか。犬のアトピーにヨーグルトが効くなどとは聞いたことがない。だが、それを境に、わが愛犬が以前のとおりの元気者にもどったのはたしかである。

いまでも時々、雑草のなかに鼻を突っ込むと症状がぶり返すことはある。だが、それを恐れて大好きな散歩に連れ出さなければ、かえって空の心に負担がかかるだけだろう。

名君として名高い将軍徳川吉宗も言っている。

「全徳の人は得難し、一失あれば一徳あり」

と。

完璧な人間などどこにもいない。人には欠点もあれば、長所もある。犬もまた、しかりであろう。求める以上の幸福をもたらしてくれるわが愛犬と、これからもゆっくりと付き合っていこうと思う。

笑顔の空（火坂雅志・撮影）

特別収録

墓盗人《はかぬすびと》——骨董屋征次郎 真贋帖

小雨が降っている。

あたりは漆黒《しっこく》の闇である。

その闇のなか、地面に置いた龕灯提灯《がんどうちょうちん》の明かりを頼りに、黙々と鋤《すき》を振るっている男がいた。

男が腕を振り下ろすたびに、
ザクッ
ザクッ
と、湿った黒土を掘り返す音が、濡れ雑巾《ぞうきん》をたたきつけるように響く。

小柄な男の体は、すでに自分の掘った穴のなかにすっぽりと埋もれ、地上からその姿は消えかけている。

頬かむりした手ぬぐいが雨と汗でずぶ濡れになり、全身泥まみれになっても、男は掘ることをやめない。双眸《そうぼう》が、獲物を狙う鷹のように爛々《らんらん》と輝き、たわめた背中に鬼気《きき》がただよっていた。

やがて、鋤の先が何かに当たった。

たしかな手ごたえが、男の両腕に伝わってくる。

とたん、男は相好《そうごう》をくずし、

「今夜はずいぶん、手間をかけさせやがったぜ」

欠けた歯のあいだから、チロッと舌を出してほくそ笑んだ。

男は感触のあった土のまわりを、馴れた手つきですばやく掘り返した。

土の下からあらわれたのは、長さ一丈《じょう》（約三メートル）、幅半丈ほどの石棺《せっかん》の蓋である。

いったん外へ這《は》い出た男は、用意していた轆轤《ろくろ》の縄を松の木の枝に引っかけ、ふたたび穴の底へ飛び下りた。縄の端を石棺の蓋にしっかり巻き付けると、

「これでよかろう」

男はもういっぺん穴から這い出し、木から垂れ下がった縄のもう一方の端を、全身の体重をかけてたぐり寄せはじめた。

はじめは微動だにしなかった石の蓋が、巨大な生き物のように、じりじりと口をあけていく。

なかばまであいたところで、男は引き寄せた縄を木の幹に結びつけ、龕灯提灯を手にして石棺のなかへ身をすべり込ませた。

明かりで暗闇の底を照らした男の口から、

「おお……」

と、しわがれた嘆声が洩《も》れた。

一

京は祇園《ぎおん》祭の季節である。

五月二十日の吉符入《きっぷい》りにはじまり、稚児舞披露《ちごまい》、お迎え提灯、神輿《みこし》洗い、宵宮《よいみや》、そして山鉾《やまぼこ》巡行と一月にわたってつづく、京の都に夏のおとずれを告げる風物詩であった。

万延元年（一八六〇）――。

この春、江戸桜田門外で大老井伊直弼《いいなおすけ》が斬殺されるという物騒な事件が起き、どこか落ち着かない世情のなかで、それでも京の祭りの気分はいつもと変わりなく高まっている。

「そういえば、今日は稚児舞披露の日やったのう」

白髪《しらが》まじりの総髪を肩に垂らした柴山抱月《しばやまほうげつ》が、四条通《しじょうどおり》のほうから風にのってかすかに聞こえる祇園囃子《ばやし》に耳をかたむけた。

「忙しさに取りまぎれて、すっかり忘れておりました。お師匠にまで店開きの支度を手伝わせてしまって、相すみません」

と、山と積まれた荷をほどきながら目を上げたのは、丹後縞《じま》を粋《すい》に着こなした三十過ぎの男である。

名を、柚木征次郎《ゆのきせいじろう》という。

つい先ごろまで、知恩院《ちおんいん》の新門前で老舗の骨董《こっとう》屋をいとなむ柴山抱月のもと、修業を積んでいたが、

――おまえもそろそろ、独り立ちしてもよかろう。

との師匠の許しを受け、洛東八坂下《らくとうやさかした》に町家を借りて自分の店をひらく運びとなった。

「店の名は、何とした」

柴山抱月が聞いた。

「遊壺堂《ゆうこどう》としましたが、いかがでしょうか」

「壺に遊ぶか……。悪くない」

「恐れ入りましてございます」

征次郎は頭を下げた。

「壺中の天地、別に日月《じつげつ》有りという言葉もあるでな」

「それは禅語ですか、師匠」

「うむ」

と、抱月はうなずき、

「壺中には、壺中の天地がある。その世界は、余の者にはわからぬ。自分だけにしかない妙境《みょうきょう》だ。骨董屋は、外からはうかがい知れぬ妙境に棲《す》み、俗世とのあわいに立って商売をしておる

のよ」

「そのあわいを踏みはずしたときは？」

「魔道に堕《お》ちる」

抱月がつるりと顎《あご》を撫《な》でた。

「古き品々に遊ばれているのは、案外、その物の美しさよりも、見栄や欲にとらわれて、目先の金儲けに汲々《きゆうきゆう》としている人間のほうかもしれぬ」

「師匠にはかないません」

征次郎は苦笑いした。

骨董の酸《す》いも甘いも、その怖さも深さも、すべてを知り尽くしている師匠である。

加賀金沢藩御買物役《おかいものやく》の息子として、子供のころから骨董を見て育ち、自分では目利きに自信を持っていたつもりの征次郎だったが、抱月のもとに弟子入りして、

（おれはまだ、何も見ていなかったな……）

と、どれほど思い知らされたかしれない。その師匠にみとめられて店開きすることは、征次郎にとって大きな喜びであった。

「筋のいいものを扱っておれば、おいおい客もついてくるだろう。わしからも、遠州流の宗匠《そうしよう》や、西本願寺の下間《しもつま》さまに声をかけておく」

「何から何まで、お世話になるばかりで……」

「わしができるのはここまでよ。あとは、店を生かすも殺すもおまえ次第。最初から気張りすぎず、気長にかまえてやることじゃ」

夕暮れ近く、抱月が知恩院の檀家《だんか》の寄り合いがあると言って帰ったあと、征次郎は大戸《おおど》の横に、

――よろず目利きいたします
と、墨で黒々と書いたケヤキの看板をかかげた。

どこまで商売をつづけられるかわからないが、とにかく、

（おれには、これしか生きる道がないんだ……）

征次郎は指の腹で看板を撫で、藍色に垂れ込めはじめた夕闇のなかにしばらく立ちつくした。

征次郎が店をかまえた八坂下の通りは、俗に、

――夢見坂《ゆめみざか》
と呼ばれている。

八坂塔《やさかのとう》のある法観寺《ほうかんじ》を、聖徳太子が如意輪観音《にょいりんかんのん》の夢のお告げによって建立したという言い伝えに由来するものである。付近には、八坂庚申堂《こうしんどう》のほか、鳥料理屋、豆腐屋、三味線屋、おまん屋などが軒を並べている。

清水寺《きよみずでら》への参詣客などで、いつもは人通りの絶えない夢見坂だが、さすがに火点頃《ひともしごろ》ともなる

と、あたりはひっそりと静まり返っていた。

（店の片づけはこれくらいにして、そろそろおれも一杯やりに行くとするか……）

征次郎が店を閉めようと、バッタリ床几《しょうぎ》をたたんだときである。

背後から、そろりと足音もなく近づき、

「よろず目利きいたしますか……。どれほどの目利きか、さっそく見立ててもらおうやないか」

と、声をかけてきた者がいる。

振り返ると、そこに抜け目のなさそうな金壺眼《かなつぼまなこ》の男が立っていた。

二

「今日はもう店じまいなもので。ご足労ですが、明朝、あらためてお越しいただけないでしょうか」

征次郎は腰をかがめ、ていねいに断りを言った。

どうやら、古い物を売りたいという客らしい。

店をひらいたばかりで、まだ品が薄いため、こうした客は願ったり叶ったりなのだが、抱月の教えで陽が暮れてからは目利きをしないようにしている。

骨董の見立ては、清澄《せいちょう》な朝の光のなかでするのが一番で、陽が落ちてくる夕方は、どんな名人でも目利きが甘くなる。征次郎も一度、古備前《こびぜん》の鶴首徳利《つるくびとっくり》を、暮れ方の西陽の射す部屋で見て贋物《がんぶつ》をつかまされたことがあり、それからは懲りて用心深くなっていた。

「なんや、客に無駄足踏ませるんかいな」

「申しわけございませんが」

「けっ」

と、金壺眼の男が吐き捨てるように言った。

「せっかくええ品、持ってきたっちゅうに……。見たところ、兄さん若いようやが、あきないゆうもんを知らんなあ。そないなことや、じきに店潰《つぶ》すで」

「何とおっしゃられましても」

「固いこと言いなって。まあ、見るだけ見てぇな」

男は肩をすくめながら、するりと店のなかへ入り込み、勝手に上がり框《がまち》にすわり込んでしまった。

(仕方がないな……)

征次郎は胸のうちで苦笑いした。

男は強引で物の言い方も図々しいが、皺《しわ》の多い顔にどこか憎めないところがある。それに、店をひらいて最初の客を、むげに追い返すというのも気が引けた。

「それでは、どんなお品か、とりあえず見せていただきましょう」

「そうこなあかん」

男はにわかに相好をくずし、腰に巻いていた風呂敷包みをそそくさとほどきはじめた。

「兄さん、この道に入ってまだ日が浅いんやろ」

「浅いも何も、今日の今日、店開きしたばかりで」

「なら、わいの顔もよう知らんはずや」

「はあ……」

「この先、骨董あきないで食うてこ思うたら、よう覚えときや。わいは浪速船場《なにわせんば》のハタ師、兼《かね》吉《きち》や。京、大坂では、ちっとは知られた顔やで」

男はエラの張った顔を前に突き出してニヤッとした。

（ハタ師だったか……）

どうりで物慣れているはずだと、征次郎は思った。

この世界では、征次郎や柴山抱月のように店をかまえて骨董をあきなう者を《タナ師》という。

それとは別に、決まった店を持たず、買いつけた骨董を得意客のもとへ持ち込んで直売《じか》りしたり、あるいはタナ師にまわして商売する者を、《ハタ師》と、仲間うちで呼びならわしている。

流しの骨董屋だけに、よほどしたたかな百戦錬磨の目利きでなければ、飯を食っていくことができない。

兼吉という男の目つきに油断のならない光がひそんでいるのは、そのせいにちがいなかった。

「船場の兼吉いうたら、手堅いあきないすることで知られとる。店開きの初っ端《しょぱな》から、こないなええ品拝ましてもらえるとは、兄さん運がええで」

兼吉は恩着せがましく言うと、上がり框に置いたちりめんの風呂敷を、もったいぶったようにひろげた。

なかには、一閑張り《いっかんば》の小筥《こばこ》が入っていた。その筥の蓋に指をかけながら、

「暗うなってきたな。火ィ点《つ》けてんか」

勝手知ったるわが家のように、兼吉が板敷の隅に置かれた行灯《あんどん》を顎でしゃくった。

征次郎は言われるまま、行灯に火を入れた。明かりを近づけ、ハタ師の兼吉が持ち込んだ小筥の中身をのぞき込む。

「ほう……」

と、思わずため息が洩れ、征次郎の瞳が吸い寄せられた。

灯火に照らされ、翠《みどり》、橙《だいだい》、紫、碧《あお》、飴《あめ》色と、とりどりの石が、妖しい光を放って照り輝いている。

形もさまざまで、細長いもの、丸いもの、そのいずれにも穴があいていた。

「こいつは、玉《ぎょく》だ」

征次郎はうめきつつ、小筥の中身を片手ですくい上げた。ずしりと重い。

「勾玉《まがたま》、管玉《くだたま》、切子玉《きりこだま》もある……」

「どや、ええ品やろ」

兼吉が、うかがうように征次郎の顔をのぞき込んだ。

それには答えず、征次郎はすくった玉のなかから一粒をつまみ上げ、じっくりと灯火で透かし見た。

紫水晶《むらさきずいしょう》の勾玉である。

濁りのない透明感と、岩絵の具を溶かし込んだような微妙な紫の濃淡が、惚《ほ》れぼれするほど美しい。

勾玉は、獣の牙の形とも、胎児の形を模したともいわれる古代の装身具である。水晶のほか、翡翠《ひすい》、碧玉《へきぎょく》、琥珀《こはく》、玻璃《はり》などを材料として作り、筒形の管玉、上下両面を切り取った切子玉などとともに、穴に紐《ひも》を通して貴人の首飾りに使われた。

畿内近辺の古墳から出土することがあり、京の骨董屋にも本物が出まわるが、数はきわめて少ない。

その一方で、玉の美しさに魅せられる好事家《こうずか》は多く、疵《きず》のない水晶、翡翠の上物ともなると、結構な高値で取引されていた。

「これは三輪玉《みわだま》だね」

征次郎は、別の一粒を顔に近づけた。

それは、ちょうど猫の顔のように両耳が突き出た奇妙な形の玉である。こちらは透明な水晶で、紐通しの穴はあいていない。

「どれどれ……。へえ、けったいな玉やなあ。何に使ったんかいな」

「三輪玉は、古代の大刀《だいとう》の柄の勾金《まがりがね》の飾りに使われたものです。これだけきれいな形で出てくるとはめずらしい」

「兄さん、玉にくわしいようやな」

小鼻のわきに皺を寄せ、兼吉が警戒するように征次郎を見た。さも知ったような顔をしているが、玉のことにはさほど通じていないのだろう。

「ええ」

と、征次郎は水晶の輝きに見入りながらうなずき、

「子供のじぶん、土器のかけらや鏃《やじり》をいじるのが好きで、こんなきれいな玉を掘り出すことができたら楽しかろうと、ずいぶん憧れたものです」

「三つ子の魂百までってやっちゃな。古物好きが高じて骨董屋になったんかい」

「そんなところです。ときに……」

手にした玉を小笥にもどすと征次郎はあらためて、ハタ師の兼吉にするどい視線を向けた。

「あんた、これをいったいどこで手に入れたんです」

「おっと」

探りを入れようとする征次郎を、兼吉が手で制した。

「物《ブツ》の出どころは明かさんのが、わいらの掟《おきて》や。うっかり喋《しゃべ》って、仕入れ先を荒らされたらかなわんがな」

「……」

「どや、まとめて百貫文《かんもん》で手を打たんか。店開きの祝儀《しゅうぎ》代わりに、思い切って大まけしとくで」

「百貫文とは高い。こっちは借金して、ようやく店を出したところです」

「なら九十五貫文」

「とても、手が出ませんね」

征次郎はそっけない顔で言った。

内心は、玉の美しさに商売抜きで引きつけられているのだが、うかつに本音をさらけ出しては駆け引きができない。

「兄さん、若いに似合わず、なかなか吝《しわ》いな。清水さんの舞台から飛び下りた気で、七十貫文。

それなら、どや」

すぐに金を工面《くめん》したい理由でもあるのか、相手がぐっと値を下げてきた。

（七十貫文なら、悪くはないか……）

征次郎は胸のうちで算盤《そろばん》をはじいた。

商売をはじめたばかりで、手元にまとまった銭《ぜに》はないが、師の柴山抱月に頼み込んで、それくらいの借金をすることはできる。

征次郎の沈黙を何と受け取ったか、

「まだ不足がある言うなら、こいつも付けとくで、兄さん」

兼吉が、ふところに手を突っ込み、小さな革袋を取り出した。袋の口をあけ、逆さに振ると、なかから黄金の耳飾りと小さな金の鈴が転がり出てきた。

これも、古代の貴人の副葬品なのであろう。山吹色の輝きは、千数百年の歳月を経たいまでも、いささかもその眩《まばゆ》い光を失っていない。

手に取ってたしかめてみたが、みごとな純金の細工だった。

「全部まとめて百貫文や。これ以上は、びた一文まけられんで。いらんなら、よその骨董屋に持っていくが」

「わかりました。耳飾りと小鈴も入れて、百貫文で手を打ちましょう」

十分に元は取れると踏んで、征次郎は即答した。

「どうやら、兄さんとは長い付き合いになりそうやな」

ハタ師の兼吉が、懐手《ふところで》をしてニヤリと笑った。

三

征次郎が兼吉から玉を買い受けたのは、それから三日後のことである。

本人が言っていたとおり、兼吉は京、大坂の骨董屋のあいだで、そこそこ名が通っているらしく、

「ほう……。船場の兼吉が店開き早々、品を持ち込んできたか」

柴山抱月は、やや酸いような顔をした。

だが、独立を許した以上、余計な口出しは無用と思ったか、

「おまえが目利きして、いいと思ったなら、それでよかろう」

と、耳を揃えて百貫文を貸してくれた。

最初はなかなか、顧客のつかなかった征次郎の店も、

祇園祭
五山《ござん》の送り火
地蔵盆
と、京の夏の行事をへて、秋が深まるほどに、しだいに軌道に乗り出した。

ことに、柴山抱月の紹介で店に来た室町《むろまち》の薬種《やくしゅ》問屋のあるじが、あの玉をいたく気に入り、

「紫水晶の勾玉も、翡翠の切子玉も、どれもこれもたいした掘り出しものや。根付に使うたら映えるやろ」

と、好みの数個をまとめて五十貫文で買ってくれた。

ほかにも、上賀茂《かみがも》神社の神官、珍品好きの西陣の隠居や、洒落《しゃれ》者の東本願寺の寺侍《てらざむらい》などが、瑪瑙《めのう》の勾玉、碧玉の管玉、金の小鈴に目をつけ、征次郎が思っていた以上の高値で次々と品が捌《は》けていった。

師匠への借金がすぐに清算できたばかりか、それをきっかけに馴染みの客が増え、征次郎にとっては願ったり叶ったりとなった。

（玉のご利益か……）

最初はいかがわしげな男だと思っていたハタ師の兼吉も、こうなれば福の神のようなものである。

懐にも気持ちにも、余裕ができた征次郎は、師匠に何度か連れて行ってもらったことのある、縄手通《なわてどおり》の小料理屋《竹ひさ》へ、ふらりと足を運んだ。

四十がらみの寡黙な亭主と、愛想のいい色白のおかみが夫婦で店を切り盛りしている。

亭主の竹松《たけまつ》は、もと祇園の料亭で働いていた腕のいい板前で、工夫をこらした季節の料理を安い値で出すというので評判になっていた。

征次郎は、

「人肌の燗酒《かんざけ》を一本と、ぐじの若狭《わかさ》焼きをくれ」

おかみに声をかけた。

「今日は、丹波の松茸も入ってますえ」

「それじゃあ、そいつも頼む。吸い物がいいな」

「おおきに」

おかみが頭を下げた。

一人で徳利をかたむけながら、ぐじと松茸を堪能した。

気分がいい。

店をはじめるにあたっては、相当の苦労も覚悟していたが、

(どうやら、いまのおれは運が向いているようだ)

征次郎は袂《たもと》を探り、指にふれた冷たい感触のものを取り出した。

玻璃の勾玉である。

ハタ師の兼吉が持ち込んだうちのひとつだが、うすく蒼《あお》みがかった半透明の美しさが気に入り、これだけは店には出さずに肌身につけて持ち歩いていた。

長く土中にあったせいか、勾玉の表面は風化して、指の腹でこするとカサカサしている。

（土のなかで人に忘れ去られていたはずのものが、めぐりめぐっておれの手元に来たんだなあ……）

と思うと、奇妙な縁のようなものをおぼえずにいられない。

骨董屋である以上、右から左へ品を流さなければ商売にはならない。しかし、ときとして、

（手離したくない……）

と、執着心をかき立てられるものに出会うこともある。征次郎にとって、まさにこの勾玉がそれだった。

勾玉を陶然と見つめていると、

「美しゅうおすなあ」

おかみのお久《ひさ》が、征次郎の手元をのぞき込んできた。

「それ、何どす」

「昔の貴人の首を飾った宝玉《ほうぎょく》でね。玻璃でできている」

「えらいお人だったんどっしゃろなあ。こんな綺麗なもの身につけはって。昔と言わはると、太閤《たいこう》はんのころどすか」

「いやいや、もっとずっと前だ。聖徳太子が生まれるより昔のものさ」

「八坂塔を建てはった、聖徳太子はんより前どすのか。えらい古いもんやなあ」

お久が感心したように、目尻の下がった細い目をしばたたかせた。

「その綺麗な玉を肴《さかな》に、もう一本つけまひょか」

「おかみは美人のうえに商売上手だな」

「いややわァ。うまいこと言わはって」

盆を抱えて、おかみが奥へ引っ込んだときだった。

店の小上がりで飯を食っていた男が、草履《ぞうり》をつっかけ、血相を変えて征次郎のところへ歩み寄ってきた。

老人である。

足取りはしっかりしているが、腰が蝦《えび》のように折れ曲がり、落ち窪んだ目が狷介《けんかい》そうな光を放っている。

「あんた、そいつを見せてみィや」

有無を言わさず、老人が征次郎の手から勾玉を引ったくるように奪った。

「何をするんだ」

「そいつはこっちのセリフや」

老人は血走った目で、玻璃の勾玉を食い入るように見つめ、

「わしの勾玉じゃ。まちがいない」

「言いがかりはやめてくれ、爺さん。それは、おれの商売ものだ」

「この盗《ぬす》っ人《と》めが」

勾玉を握りしめたまま、老人が征次郎を物凄い目つきで睨《にら》んだ。

「人聞きの悪いことを言うな。おれは夢見坂の骨董屋で」

「いいや、きさまは盗っ人じゃ。半年前、わしの命より大事な勾玉やら管玉やらが、まとめてごっそり盗まれたんじゃ。こいつは、そのうちのひとつにちがいない」

「ばかな」

征次郎は眉《まゆ》をひそめ、

「とにかく、その勾玉を返してもらおうか」

「何を言いくさる。わしが苦労して掘り出した玉だと言うとるのがわからんのか」

老人はそれを返すどころか、逆に目を剥《む》いて征次郎に食ってかかった。

騒ぎを聞きつけたおかみが、何ごとかと奥から出てきた。

「お客はん、困りますえ。そないに大声出さはっては、ほかのお客はんに迷惑がかかります」

「迷惑しとるのはこっちや。この盗っ人、わしの金の耳飾り、小鈴をどないした。盗んだもんをそっくり返せ」

「ちょっと待ってください。落ち着いて話を……」

老人の皺ばんだ腕が、征次郎の襟首をつかんだ。その力は、老いた者とは思えぬほどに強い。

征次郎が老人の腕を振りほどこうとしたときである。

いつの間にか、のっそりと老人の後ろに立っていた板前の竹松が、

「ここは飯を食うところやで、爺さん。騒ぎを起こすなら出て行ってくれ」

ぼそりとつぶやき、なおもわめき立てるその男を店の外へたたき出した。

四

（やはり、いわく付きの品だったのか……）

夢見坂の店へもどった征次郎は、さきほどまでの酔いも醒める心地で、水瓶に汲《く》んであった水を柄杓《ひしゃく》で一杯呑《の》んだ。

どうも話がうますぎるとは思っていた。

そもそも駆け出しの征次郎のもとへ、ハタ師の兼吉が、店開きを狙いすましたように品を持ち込んで来たのもあやしい。

（はじめから、盗品と知ったうえでつかませたか……）

そうに違いないと思った。

故買屋を通じて盗品が市場に流れるのは、この世界ではよくあることである。

骨董というものが、人から人の手をへて世を渡っていく以上、いわく付きの品を恐れていては商売ができない。したがって、買い手は売り手に出どころを深くたずねないのが、骨董屋の暗黙の了解事項で、また、入手先を聞かれたとしても、

「知りまへんなあ」

と、空とぼけておくのが常識であった。

征次郎もその慣例にならい、出どころを深く詮索しなかったのだが、おかげでとんだ厄介ごとに巻き込まれる羽目におちいった。

目が利く者なら、めんどうな品を持ち込んだ兼吉のうさんくささを見抜き、即座に買い取りを断ったところだろう。

だが、征次郎はものの真贋《しんがん》にとらわれるあまり、人間の目利きにまで気がまわらなかった。

（おれは、まだまだだ……）

と、ほぞをかんだが、すでにあとのまつりである。

あの老人は、どこで探り当てたのか、竹ひさで騒動を起こしてから三日に一度は、遊壺堂に姿をあらわすようになった。

「おい、わしの勾玉をどこへ隠した」

落ち窪んだ眼窩《がんか》の奥のギョロリとした目で、店のなかを探るように見渡し、

「さっさと出さんかい。ひとつ残らず、返してもらうで」

「無理を言われても困ります。あの玉は、私が金を払って仕入れたもの。それとも、あなたさまのものだというたしかな証拠でもございますか」

こうなったら度胸を据え、開き直ってシラを切り通すしかない。征次郎は胸を張って老人を見返した。

「盗っ人たけだけしいやっちゃ。そっちがそう出るんなら、わしのほうにも考えがあるわい」

老人は暖簾《のれん》をくぐって通りへ小走りに駆け出ると、

「この店は、人さまから盗んだもん売ってるでーッ。盗っ人の店やでーッ！」

と、大声でがなり立てはじめた。

ふだんは静かな夢見坂が、にわかに騒然とし、道行く人が何が起きたかという顔をして、こ

ちらを振り返る。

征次郎はあわてて老人のあとを追い、

「爺さん、やめてくれ。話は店のなかで聞こうじゃないか」

「うるさい！ わしの大事な勾玉、管玉を返すまで、騒ぎつづけたるで」

征次郎が何となだめすかそうとしても、老人は聞く耳を持たない。返す返さないのと押し問答をしていると、界隈《かいわい》の住人たちはますます好奇の目で征次郎を見た。

そんなことが、半月あまりつづいた。

京というのは恐ろしいところである。

――公家は蜘蛛の巣
と昔から言われるが、公家ばかりでなく、寺、神社、町衆、祇園や先斗町《ぽんとちょう》、上七軒《かみしちけん》などの花街にいたるまで、町ぜんたいに蜘蛛の巣のごとき情報網が幾重にも張りめぐらされている。

「遊壺堂はんはあきまへんなあ」

「あそこで物買うたら、とんだ祟《たた》り神がついてきまっせ」

などと、よくない噂がたちまち広がり、ようやく軌道に乗りかけていた店から、すっかり客足が遠のいてしまった。

これには征次郎も、ほとほと弱りはてた。すべては自分の身から出たことであり、師匠の柴山抱月を頼るべき筋合いの話ではない。

（これしきのことで音を上げているようでは、この先、京であきないをつづけていけまい……）

老人を説得しても埒《らち》が明かぬので、征次郎は騒動の大もとを持ち込んだハタ師の兼吉を探すことにした。

ハタ師は決まった店を持たず、いい出物をもとめて各地を渡り歩いているため、本人をつかまえるのはなかなかに難しい。

兼吉が長屋を借りている船場であたりをつけても、

「ここ半月ばかり、姿を見かけんなあ」

「根なし草みたいな男やさかいなあ」

と、さっぱり居所がつかめない。

なかに一人だけ、兼吉とは将棋仲間だという長屋の隠居が、

「三本木《さんぼんぎ》の女のとこへでも、しけこんでるんとちゃうか。秀菊《ひでぎく》やらいう女に、近ごろ、えらい入れ込んどるゆう話や」

縁台で詰め将棋をしながら教えてくれた。その話を頼りに、征次郎は上京《かみぎょう》の三本木へ向かった。

三本木は、京のなかでは新興の花街である。鴨川の西岸にそって、旅館、料亭、小料理屋が

軒をつらね、川をのぞむ風光が美しいことから、この地に居をかまえる文人墨客《ぶんじんぼっかく》も少なくない。

儒者で詩人の頼山陽《らいさんよう》もここに住み、東山《ひがしやま》三十六峰《ぼう》をのぞむ書斎を、

――山紫水明処《さんしすいめいしょ》
と名付けて、晩年の十年間を過ごしたことでも知られている。

兼吉は、その山紫水明処にほど近い、《村田屋》という旅館にいた。長屋の隠居が言っていたとおり、秀菊という芸者に入れあげ、毎夜のように女を呼んでどんちゃん騒ぎをしているらしい。

征次郎は、遊び疲れて昼寝をしていた兼吉の部屋へ踏み込んだ。

寝ぼけている兼吉をたたき起こすや、

「あんたのおかげで、えらい迷惑をしている。最初から、こうなることをわかっていて売りつけたな」

征次郎は問いつめた。

兼吉はさして慌てるでもなく、布団の上にあぐらをかき、

「なんや、そんなことか」

「そんなこととは何だ。こっちは、大事な店の信用がかかっている」

「そない目ェ吊《つ》り上げて、がなり立てんでもええがな。あの墓掘りの権蔵爺《ごんぞう》さんのことやろ」

「権蔵……それが、あの爺さんの名か」

「まあな」

生あくびを噛み殺しながら、兼吉がうなずいた。

「あれが爺さんのところから盗まれた玉だと知っていて、おれに売りつけたな。まさか、盗んだのはあんたじゃあるまいな」

「アホなこと言うたらあかん。わいは痩せても枯れても船場のハタ師や。まあ、間に入った故買屋から、うすうすはいわくを聞いとったがな」

「やはり……」

「わいを恨むのはお門《かど》違いやで」

兼吉は征次郎の顔を上目づかいにのぞき込み、

「品を目利きして買い取ったんは兄さんや。恨むなら、裏の裏まで読みきれんかった自分を恨め」

「よくもぬけぬけと」

「騒ぎの噂、聞いとるで。兄さんも、店開き早々、えらい疫病神をしょい込んだもんやなあ。おかげでこっちは厄払いして、毎日が極楽や。骨董の世界は騙し騙され、どっちが悪いゆうことはない。権蔵爺さんかて、人のことを盗っ人と騒いどるが、もとをたどれば、古塚を暴いて盗みを働いているのは自分のほうや。そのうちあきらめて、兄さんにつきまとうのをやめるやろ」

「あの爺さんは、古塚荒らしで食っているのか」

征次郎はふと、老人の素性に興味をそそられて聞いた。

「食ってるいうんとは、ちょっとばかり意味がちがう」

「と言うと？」

「道楽、ともちゃうな。言ってみれば、取っ憑かれたちゅうやつか」

「…………」

「ともかく、あの爺さんの住んどるあばら家をのぞいてみればわかる。勾玉、管玉、切子玉、金の耳飾りのたぐいがぎょうさん溢《あふ》れ返っとるで。少しくらいなくなったところで、騒ぐほどのことやなかろうになぁ」

「あんたは爺さんの家を知っているのか」

「知らんことはない」

「ならば」

と、征次郎は兼吉の腕をつかみ、

「これから、一緒に権蔵爺さんのところへ行ってもらおう」

「行ってどないするんや」

「あんたが玉を手に入れた事情を、爺さんの前であらいざらい喋ってもらう」

「何でわいがそないなこと」

「いいから、来るんだ」

「待てェ。あたたたた……」

征次郎に腕をきめられた兼吉は、情けない悲鳴を上げた。

五

権蔵爺さんの住まいは、大和国佐紀《やまとのくにさき》の里にあるという。

京から奈良街道を大和へ向かう道すがら、征次郎は兼吉の口から老人の身の上ばなしを聞いた。

それによると――。

権蔵はもともと、法隆寺《ほうりゅうじ》流の腕のいい宮大工《みやだいく》であった。弟子を十余人もかかえ、奈良近辺の寺社から注文を受けて、社殿や本堂の建て替え、修築などに汗を流していた。

その権蔵の人生に狂いが生じたのは、長年連れ添った女房に先立たれたときからであるらしい。夫婦のあいだに子はなかったが、権蔵の妻は気立てのやさしい、人の心をなごませるような女で、権蔵は女房の作った破籠《わりご》の弁当を持って仕事場へ出かけるのを何よりの楽しみにしていた。

女房が死んでから、権蔵は仕事へも出ず、亡骸《なきがら》と一緒に家に閉じこもっていたという。いよいよ死体が腐臭を放ち、近所からも苦情が出はじめたとき、権蔵もようやく心に踏ん切りをつけ、女房を埋葬するために裏山へ行って穴を掘りだした。

「そんときや。あの爺さんが、はじめて土に埋もれていた勾玉と出会うたんは」

兼吉が言った。

「翡翠の小さな勾玉だったゆう話や。爺さんには、それが死んだ女房の魂みたいに見えたんやろ」

「身代わりってわけか」

「それを境に、爺さんは宮大工をふっつりやめ、弟子どもにも暇をやって、墓掘りに打ち込みはじめたって話や」

「爺さんはそれで、あの勾玉やら管玉を自分の命より大事なものだと言っていたんだな」

征次郎は、鈍色《にび》がかった雲の流れる秋空を見上げてつぶやいた。

「どうかしとるで」

兼吉は肩をすくめ、

「わいに言わせれば、爺さんは女房を亡くした寂しさから逃げとるだけや。勾玉、管玉を何百、何千と集めたところで、死んだもんが生き返るはずなかろ」

「人は誰でも、満たされない隙間を心に抱えているもんさ」

「兄さん、若いくせに利いた風な口ききよる」

兼吉が歯茎を剥き出して、やや皮肉っぽく笑った。
国ざかいを越えて大和へ入り、奈良坂をのぼりつめると、眼下に東大寺《とうだいじ》の大屋根が見えてくる。坂を下って、東大寺転害門《てがいもん》の前から西に折れ、秋草の茂る野中の一本道をたどった。そこは、いにしえの平城京の一条大路《いちじょうおおじ》である。
道の北側の佐紀丘陵には、
ウワナベ塚
ヨナベ塚
ヒシアゲ塚
といった、まわりに濠《ほり》をめぐらした大型の前方後円墳がつらなっている。小さいものも含めれば、一帯には千をこえる古墳が点在していた。
権蔵の家へたどり着いたのは、日が西にかたむくころだった。庭の柿の木になった実が、澄んだ西陽を浴びて輝いている。
権蔵は裏庭の井戸端で、どこかから掘り出してきたらしい、勾玉、管玉、切子玉、三輪玉、平玉《ひらたま》を洗っていた。
胸でも病んでいるのか、蛾《が》の羽根が障子をたたくような、くぐもった咳《せき》をしている。その痩せた肩に、老いた男の孤独が滲《にじ》んでいた。歩み寄っていくと、権蔵は物凄い目で二人を睨みつけた。

「また、わしの大事な宝を盗みに来たんか」

「そうじゃないんだ、爺さん。あんたに詫《わ》びたくてね。故買屋からあんたの勾玉、管玉を買い取った男も連れてきた」

征次郎は兼吉の肩を押した。

「すまんかったな、爺さん」

兼吉は悪びれるふうもなく、

「わいも、よう事情を知らんかったんや。あんたのとこから盗まれたもんと知ってたら、右から左へ流すようなまねはせェへんかった。ほんまに悪いことしたな」

心にもないことを言って、米搗《こめつ》きバッタのように頭を下げた。

（よくも、口から出まかせを……）

征次郎はあきれた。

とはいえ、これ以上、老人の怒りをあおり立てるのは得策ではない。頭を下げてことが収まるなら、

――安いもんや。

と、兼吉は胸のうちで舌を出しているのだろう。

「おれからも、あらためて謝らせてもらう。これだけしか返すことはできないが」

と、征次郎は得意先を頭を下げてまわって、買いもどせるだけ買いもどしてきた紫水晶の勾玉、翡翠の切子玉の入った小袋を権蔵に渡した。

傷ついてしまった信用は、たやすく取りもどせるものではないが、

（また一から出直しだ……）

征次郎は腹を決めていた。

「それよりもな、爺さん」

小袋の中身をたしかめている権蔵に擦《す》り寄り、兼吉が妙な猫なで声を出した。

「どや、今度はわいと真面目な取引せェへんか。あんたが土から掘り出して溜め込んどるお宝、まとめて高い値で引き取るで。そしたら、あんたもこんなあばら家とおさらばして、女やら酒やら、好き放題の暮らしができるんやで」

「おい」

と、征次郎は兼吉の脇腹を肘《ひじ》で小突いた。どうも素直について来ると思ったら、次の儲け話の算段をしていたらしい。

兼吉は征次郎を無視して身を乗り出し、

「悪い話やなかろう。こんな勾玉、このへんの古塚を掘り返せば、まだまだ出てくるんや。ひとつ、わいと手ェ組んで……」

「けったくそ悪い。わしは銭のために掘ってるんやないわ。その欲ぼけした阿呆《あほ》づら、二度と見とうない」

「阿呆とは何や」

「さっさと出てけッ！」

にわかに険悪な雰囲気になった二人のあいだに、

「まあ、まあ」

と、征次郎は割って入った。

「おれたちは喧嘩《けんか》をしにきたわけじゃあない。あんたの、いにしえの玉への思い、汚すつもりはない。どうしたら、許してもらえるだろうか」

「許すだと？」

権蔵が目を剥いた。

「ああ」

「わしが許すと思ってか」

「どんなことでもする。罪滅ぼしをしたい」

「何でもやるんだな」

「二言はない」

「なら……」

と、権蔵は征次郎と兼吉を代わる代わる見くらべ、

「おまえたち若いもんに、ひとつ手伝ってもらうとするか」

目の奥を暗く光らせ、唇を引きつらせてかすかに笑った。

六

「何の因果で、わいがこないなことせにゃあかんのや」

鋤をかついだ兼吉が、夜風の寒さに身を震わせながらぼやいたのは、あれから半月ほど経った新月《しんげつ》の晩である。

「いいじゃないか。古塚の中なんぞ、そうそう拝めるものじゃあない」

と、振り返る征次郎も、肩に鋤をかついでいる。

夜道をゆく二人の前には、龕灯提灯をぶら下げた権蔵が、闇を這いまわる一匹の蜘蛛のように平べったく腰をかがめて歩いていた。

——どうしても許して欲しいと言うなら、わしの古塚掘りを手伝え。

それが、権蔵の出した条件であった。

いままでに百近くも小規模の古塚を掘ってきたが、老いた男ひとりの力では、どうしても限界がある。

「あの世に行く前にな、大きな古塚をいっぺんだけ掘ってみたい。それがわしの、最後の夢や」

権蔵の言葉には、見果てぬ夢への凄まじいばかりの執念が滲んでいた。

老人が、征次郎と兼吉を導いて行ったのは、佐紀盾列《たてなみ》古墳群から西へ半里（約二キロ）ばかり離れた、

──黄金塚
であった。

雑草におおわれた塚は、椀を伏せたようにきれいな丸い形をしている。

周濠のない中型の円墳だが、それでも径半町（約五十五メートル）はあった。

「これを掘るんかいな」

兼吉が闇に沈む塚を見上げた。

「つべこべ抜かすな。わしのあとについて来い」

権蔵は老人とは思えぬ健脚で墳丘のいただきにのぼると、龕灯提灯であたりを照らし、人がいないのをたしかめた。

「これを持っていろ」

征次郎に龕灯提灯を押しつけた権蔵は、草むらを探り、長さ一丈半ほどの細長い鉄の棒を拾い上げた。この日にそなえて、あらかじめ用意しておいたものであろう。

「そいつで何をするんだ」

征次郎は聞いた。

「黙って見とれ」

権蔵はうるさそうに言うと、鉄の棒を地面に突き入れた。

一丈半の長い棒が、湿った土のなかへ深く、深く吸い込まれてゆく。やがて、先端が何かに突き当たったらしく、それ以上、奥へ入らなくなった。

足元にあった小石をつかんだ権蔵は、慣れた仕草で鉄棒の頭をコツコツとたたいた。たたきながら、耳を棒に当て、響いてくる音をたしかめる。

「それで何がわかる」

黙っていろと言われても、征次郎は好奇心をかき立てられずにはいられない。

「響きひとつで、わかるんや」

「…………」

「棒に当たったのが、岩なんか、埴輪《はにわ》なんか、それとも須恵器《すえき》のたぐいか、ちょっとした響きの違いでわかる」

「たいしたものだ」

感心している征次郎たちを尻目に、権蔵は鉄棒を突き入れては音を聞き、また引き抜いては突き入れるという作業を繰り返した。墓盗人とはいえ、熟練の技である。

それを何十回かやって、土中のようすを探ったのち、

「ここを掘れ」

権蔵が地面の一ヵ所を、わらじを履いた足の底でとんとんと叩いた。

「この下にお宝が埋まってるんかいな」

兼吉が疑り深そうな目で老人を見た。

「そうや。何しろ、この黄金塚は昔から、黄金の鎧《よろい》を着た武人が眠っているという言い伝えがあるでな」

「黄金の鎧やて……」

兼吉が思わず生唾《なまつば》を飲み込んだ。

「鎧だけではなく、頭にかぶった兜《かぶと》も、腰に佩《は》いとる剣も黄金造りだという話や」

「それを早く言わんかいな」

それまで眠そうな顔をしていた兼吉が、にわかに目を爛々と輝かせ、先に立って土を掘り返しはじめた。

征次郎も龕灯提灯を草むらに置き、鋤を振るう。

兼吉ではないが、胸がときめいた。

（黄金の武人か……）

暗い石室のなかで永遠の眠りにつく黄金ずくめの武人というのは、考えただけで全身の血が沸き立ってくる。

金儲けの話を抜きにしたとしても、土を掘る手におのずと力がこもってしまうのは、時をへて磨き抜かれた美に取り憑かれた骨董屋のさがというものであろう。

その意味では、

（おれも、爺さんのことを笑えんな）

征次郎は思った。

権蔵の指図で、征次郎と兼吉は穴を掘りつづけた。権蔵も加わり、男三人がかりで黙々と作業をすすめ、穴はしだいに深さを増していく。

二刻《ふたとき》（四時間）後には、人の背丈ほどの深さまで掘り返した。

「爺さん、まだかいな」

兼吉が早くも弱音を吐いた。

「まだまだじゃ」

「腰が痛うなってきたわ」

「大坂もんは土性骨《どしょうぼね》がすわっておらんのう。嫌なら、とっとと失せろ」

「人づかいの荒い爺さんや」

文句を言いながらも、兼吉は手を休めない。やがて、穴は征次郎たちが地上をはるかに見上げるほどの深さになった。だが、まだ何も出てくる気配はない。

「こりゃあ、場所を間違えたんやないか」

鋤の先を地面に突き立て、兼吉が文句を言った。

全身、汗と泥まみれになっている。それは征次郎も同じだった。

「いや、もう出てくる」

権蔵は自信に満ちた声で言い、手にした鋤で目の前の土壁をたたいた。

コンコンと音がした。

明らかに、その向こうに何か固いものがある。

鋤を投げ捨てた権蔵が、両手で土をかき分けていくと、そこに暗い深緑色をした石の壁があらわれた。

「これは……」

征次郎は石壁に近づき、その表面を指の腹で撫でた。

権蔵がそんなことも知らんのかというように、フンと鼻を鳴らし、

「佐紀の丘にある古塚の石室は、竪穴《たてあな》のもんが多い。じゃが、この古塚は佐紀のやつより時代が下っておるでな。入り口が横穴になっとるのや」

「なるほど……」

征次郎はうなずき、

「では、この向こうに、黄金塚の石室があるんだな」

「そや」

権蔵がにんまりと笑った。

穴をよじのぼって、上から鉄梃《かなてこ》と縄を取ってくると、石壁の裏側に鉄梃を差し込み、それに縄を結びつけた。

「引くでェ」

権蔵の命令一下、三人がかりで縄を引いた。最初はビクともしなかった石の壁が、掛け声を合わせて引くうちにじりじりと動きだし、手ごたえが軽くなったかと思うと、

——ズン
と、重い地響きを立てて外側へ倒れる。

荒くなった息をととのえてから、征次郎は龕灯提灯で、石壁の向こうにぽっかりと口をあけ

た空間を照らした。

そこは、石を積み重ねて造られた通路だった。

――羨道《せんどう》
と呼ばれる、石棺が安置された玄室へ通じる出入り口である。天井まで六尺（約百八十センチ）あまりあり、大人が楽に立って歩ける高さだった。

「この奥にあるんやな」

兼吉がさすがに興奮を隠しきれぬ声で言った。

提灯をかかげた征次郎を先頭に、権蔵、兼吉の順で、羨道に足を踏み入れる。千数百年ものながきにわたって封じられていたその奥津城《おくつき》は、湿っぽく、カビ臭かった。

壁づたいに奥へすすんでいくと、やがて天井の高い大きな部屋に出た。

「ここが玄室だな」

あたりを見まわす征次郎を、

「どけ」

と押しのけ、権蔵が前へ出た。

玄室の側壁のきわに置かれた石棺を見つけ、走り寄って抱きつく。

「わしの長年の夢じゃ……。いよいよ、この日がやって来たわ」

それは、家の形をした石棺だった。

家の屋根を模した重そうな石の蓋がのっている。

「隙間が見当たらんようだから、鉄梃も使えまい。力を合わせて石の蓋をずらすよりほかに手はないか」

明かりで照らしながら、石棺を子細に調べて征次郎は言った。

「ヘトヘトやと言いたいところだが、お宝のためならしゃあないか」

兼吉は現金なものである。

「ええか、タダ働きはあかんで。黄金の鎧兜、剣が出てきたら、もうけは爺さんとわいらで山分けやで」

兼吉が勝手に決め込み、石棺の蓋に手をかけた。

簡単そうに見えたが、これがなかなかの難物である。掛け声をかけ、三人で力まかせに押しても蓋は動かない。

ようやく、わずかに動き、石棺のあいだに親指の先ほどの隙間ができたところで、

「鉄梃を差し込め」

権蔵が命じた。

征次郎は隙間に鉄梃を差し込んだ。

それを支柱にして、体重をかけ、三人の男が渾身の力を振りしぼって石棺の口をこじあける。

蓋がゆっくりと動き、ようやく中が見えるようになった。

兼吉が真っ先に、石棺をのぞき込んだ。

「何や、これは……」

「どうした」

征次郎も龕灯提灯を手にして、棺の中をのぞいた。

そこにあったのは、黄金の武人ではなかった。白い人骨のまわりに、青錆《あおさ》びた銅鏡が三枚、それに二振の銅剣がおさめられているだけだった。

「とんだ骨折り損やったな」

兼吉がいまいましそうに舌打ちした。

「こんなしょうもない銅鏡や銅剣、まとめてたたき売っても、なんぼにもならん」

「あきらめるのは早いで」

そのとき、何を思ったか、奥の石壁に張りついていた権蔵が、拳で壁をコンコンとたたいて言った。

「この奥にも、部屋がある」

「何やて」

「盗掘を恐れて、玄室を二重に作っておいたんやろ。おそらく、黄金の武人はこの奥に眠っとる」

「すぐに、壁を崩そうやないか」

「いや、今日のところはこれまでだ」

権蔵は首を横に振った。

「今日は壁を崩す道具を持っておらん。それに、もうすぐ夜が明けるやろ。穴の入り口をわからんように草や木でおおって、つづきはまた明日の晩や」

「そんな悠長なこと言ってられるかいな。せっかく、ここまで来たちゅうに」

「だめだ。塚掘りには、塚掘りの作法がある」

「阿呆な……」

兼吉がいくら不平を言っても、権蔵は頑として聞き入れなかった。

＊　＊

明くる日は、午後から激しい嵐となった。畿内一帯に強風が吹き荒れ、大雨になる。八坂塔の相輪が吹き飛ばされ、鴨川が氾濫して溺死者まで出るという騒ぎである。

三本木の宿屋にもどっていた兼吉が、風雨の弱まった隙を見はからって遊壺堂へあらわれた。

「このぶんでは、わいらが苦労して掘った穴も、土砂で埋まってしもうたな。ほんに、阿呆らしい話や」

「爺さんはどうしているだろう」

「知らんわ。この嵐んなか、墓掘りをする者がどこにおるかいな」

結局、征次郎も兼吉も、その夜は黄金塚へは行かなかった。

それっきり、権蔵から何の音沙汰《おとさた》もないまま、二、三日が過ぎた。

ようやく権蔵の消息がわかったのは、六道珍皇寺《ろくどうちんこうじ》の寄り合いのついでに柴山抱月が店へ立ち寄った日のことである。

「何でも、大和の古塚で墓暴きをしていた男が、崩れてきた石に埋もれて死んだそうだ」

「ほう」

征次郎は目を上げた。

「何という塚です」

「佐紀の丘のちかくの、黄金塚といったかな」

「…………」

「石のあいだに、男の片腕だけが突き出て、それが翡翠の勾玉をしっかりと握りしめていたとか」

「そうですか……。不思議な話もあるものですね」

抱月が帰ったあと、征次郎はあの晩、権蔵の許しを得て持ち帰った銅鏡のうちの一枚を取り出した。

いまとなっては、権蔵の身に何が降りかかったのか知るよしもない。風雨のなか、穴の底へもぐり込み、黄金の武人を探していたのだろう。その途中、石が崩れたか——。

それが悲惨な死だと、征次郎は思わない。むしろ、勾玉や管玉に埋もれた権蔵が、笑いながら眠っているような気がした。

（いい夢だったかい、爺さん……）

帳場机に置いた銅鏡を見つめながら、征次郎はひとり冷や酒を呑んだ。

（了）

火坂

あとがき

いまも思い出す火坂の言葉がある。

「僕は、泳ぐことを止めたら死んでしまうマグロのような回遊魚と同じなんだよ。小説が書けなくなったら、もう生きている意味がない」

言葉のとおり、心の底から歴史小説が好きだった。骨董や自転車旅、釣りに美食と、さまざまな趣味に明け暮れる日々を送っていたが、そのいずれもが最後には必ず小説へとつながっていた。火坂がこれといった取り柄もない私を人生の伴侶に選んだのは、出会った頃からの二人の共通の興味が、時代のはざまを生きた人間たちにあったからかもしれない。

もっとも、勉強熱心で本の虫だった火坂にくらべ、ナマケモノの連れ合いは圧倒的に知識が不足していた。

「こんなことも知らないのか」

と言われながら、おもしろ楽しく歴史の話に耳を傾けるのが習慣になっていた。

そんな世の常からは少しはずれた、いっぷう変わった夫婦生活が30数年にわたってつづいた。

ある日突然、火坂を失ったとき、

(自分の人生も終わった……)

と、膝が砕けるような虚脱感に打ちのめされた。そのときの気持ちは嘘ではなかったが、あれから10年経ってもおわりのない毎日をしぶとく生きつづけている。そこにはきっと何かの意味があるのだろう。

昨年の秋、不思議なことが起きた。

本文のなかでも触れたが、火坂は庭仕事が好きで、忙しい執筆の合間を縫って、気に入りの草木をせっせと植えて楽しんでいた。『軍師の門』という作品で描いた戦国武将の黒田官兵衛の先祖が目薬屋だったというので、薬の材料になるメグスリノキをどこからか取り寄せたこともある。庭の四隅にはナニワイバラやヒイラギ、山椒などの棘のある樹木を配置し、

「これで悪いモノの侵入を防ぐんだ」

などと悦に入っていた。するどい棘で侵入者を撃退するという実利のほかに、〝魔〟の入りやすい鬼門、裏鬼門を呪術で封じる心づもりもあったらしい。ものの考え方が合理的なようで、大まじめに験をかついだりする一面があった。

そんな火坂が植えた樹木のひとつに、フェイジョアというブラジル原産の常緑低木があった。果実が美味だというので選んだらしいが、これが無駄に枝葉を茂らせるばかりで、いっこうに花も実もつかない。邪魔だからいっそ伐ってしまえばという女房の言葉には耳も貸さず、

「諦めなければ、いつか必ず実のなる日がやって来る」

何か別のことを考えているような顔つきで、火坂はつぶやくように言った。

そのフェイジョアが、十周忌を前にした昨年秋、はじめて鈴なりの果実をみのらせた。採っても採っても、採り切れないほどの大収穫だった。あのとき火坂の脳裡には、どんな思いが去来していたのだろうか。

昨年のもうひとつの変化といえば、火坂が溺愛していたチワワの空が、あるじのもとへ旅立っていったことだろう。きっと今ごろ、川の向こうの約束の木の下で感

激の再会を果たし、昔のように足元でじゃれついているにちがいない。

じつは、今回世に出すことになった火坂の単行本未収録作のいくつかは、空が寝起きしていた小部屋を整理していたときに見つかった。『骨董屋征次郎手控』『骨董屋征次郎京暦』と書き継いできた連作小説の前日譚にあたるシリーズ最後の一編『墓盗人—骨董屋征次郎 真贋帖』も、埃をかぶった雑誌の山から出てきたものである。どの作品も、頼りない私を遠くから見守っている一人と一匹からの贈り物のようで、青春出版社の手島智子さんにお願いして世に出すことにした。

ともに歩んできた長い道を振り返ってあらためて思うのは、火坂が〝人〟にめぐまれていたということだ。

新潟日報社の石原亜矢子さんからの依頼を受け、私がつたない文章を連載していたあいだ、火坂の読者や地元新潟の中学、高校時代の同級生、交友のあった知人の皆さんから数多くの励ましをいただいた。私が生きているかぎり、いや彼が残した作品が読み継がれてゆくかぎり、火坂雅志の命は尽きることがないのだと胸が熱くなった。

夫婦の共著という異例の一冊を形にするにあたって、手島さんをはじめ、小学館勤務時代に生前の火坂がお世話になった矢澤寛さんら、何人もの方々が背中を押してくださった。どなたも仕事相手というより、火坂のよき酒友だった。

「これも酒の功徳さ」

お気に入りの杯を干しながら、火坂はあの優しく人なつこい顔で得意げに笑っているだろうか。

中川洋子

2025年春

この本をまとめているときに、陶芸家の齋藤尚明さんから、届いたもの。
火坂が絵付けをした際、陶片に練習で書き散らしたのを焼成し、退院祝いに贈ろうと取ってあったそうです。
10年の時を経て届いた贈り物——。

初出一覧

第一部　愛と義のひと　『新潟日報』２０２２年２月９日〜２０２４年２月28日

第二部　私のデビュー作　『新刊ニュース』２００３年３月号

時代考証余話　『大衆文学研究』第１０９号

時代を先取りした元祖湘南人、村井弦斎に学ぶ　『自治展望　第37号』２００１年

ド・ロさまそうめん　『遊歩人』２００４年８月号

小鍋の愉しみ　『遊歩人』２００４年11月号

羊羹《ようかん》遍歴　光文社『宝石』１９９６年３月号

海の道　『ＮＰＯ法人石川県小型船安全協会広報誌』２００２年

米沢にて　『Ｊ－ＢＳｔｙｌｅ』２００９年４―５月号

雨の熊野路　『小説ＣＬＵＢ』１９９４年２月号

つつましく強く――椿の魅力　『ひととき』２０１２年２月号

黒い瞳と運命の出会い　交遊録『読売新聞（夕刊）』２０１０年５月７日

朝に限ってあいさつの言葉　交遊録『読売新聞（夕刊）』２０１０年５月14日

白い足先に20代の思い出　交遊録『読売新聞（夕刊）』２０１０年５月21日

ゆっくり付き合っていこう　交遊録『読売新聞（夕刊）』２０１０年５月28日

墓盗人《はかぬすびと》―骨董屋征次郎　真贋帖　講談社『ＫＥＮＺＡＮ！Ｖｏｌ.４』２００７年11月

著者紹介

中川洋子　1958年神奈川県生まれ。早稲田大学のサークル「歴史文学ロマンの会」の先輩だった火坂雅志と1982年に結婚。火坂の執筆活動の伴走者でもあった。ふたりの38年間の日々を綴った、新潟日報紙上での連載「愛と義のひと　追想:夫・火坂雅志」を加筆・修正して単行本化したのが本書である。新聞連載では、その透明感のある文体で読者から高い評価を受ける。夫婦のかたち、そして共に生きることの意味を考えさせられる一冊である。

火坂雅志　作家。1956年新潟県生まれ。早稲田大学卒。出版社勤務を経て『花月秘拳行』でデビュー。『天地人』は第13回中山義秀文学賞を受賞し、2009年のNHK大河ドラマの原作となる。『全宗』『虎の城』『黒衣の宰相』『真田三代』『天下　家康伝』など、時代小説の旗手として数多くの作品を発表し活躍するも、2015年急逝。未完の『北条五代』は、伊藤潤氏が引き継ぎ完成した。本書では、仕事部屋から発掘された単行本未収録のエッセイと短編をまとめた。

夫《おっと》・火坂雅志《ひさかまさし》との約束《やくそく》

2025年３月15日　第１刷

著　　者　中《なか》川《がわ》洋《よう》子《こ》
　　　　　火《ひ》坂《さか》雅《まさ》志《し》
発 行 者　小澤源太郎

責任編集　株式会社 プライム涌光
電話　編集部　03(3203)2850

発 行 所　株式会社 青春出版社
東京都新宿区若松町12番１号 〒162-0056
振替番号　00190-7-98602
電話　営業部　03(3207)1916

印　刷　共同印刷　　製　本　フォーネット社

万一、落丁、乱丁がありました節は、お取りかえします。

ISBN978-4-413-23396-5 C0095

誰も教えてくれなかった！
成就の法則
自分次第で、人生ガラリと変わる
リズ山﨑

図説 ここが知りたかった！
歎異抄
加藤智見

誰もが知っている億万長者15人のまさかの決断
藤井孝一［監修］

THE RULES SPECIAL
愛され続ける習慣
エレン・ファイン シェリー・シュナイダー キャシ天野［訳］

仕事は「数式」で考える
分解して整理する、頭のいい人の思考法
ジャスティン森

青春出版社の四六判シリーズ

最高のパートナーに愛される〝準備〟
自分を整えるだけで、幸せがやってくる！
和泉ひとみ

「何を残すか」で決まるおひとりさまの片づけ
捨てることより大切な、人生後半の整理法
広沢かつみ

「ひとりメーカー」の教科書
モノづくりで自由に稼ぐ4つのステップ
マツイシンジ

一度始めたらどんどん貯まる
夫婦貯金 年150万円の法則
磯山裕樹

日本史を生き抜いた長寿の偉人
武光 誠

お願い ページわりの関係からここでは一部の既刊本しか掲載してありません。
折り込みの出版案内もご参考にご覧ください。